ein Ullstein Buch

ÜBER DAS BUCH:

Giovanni Guareschi ist in aller Welt als Verfasser der Romane und Geschichten um Don Camillo und Peppone berühmt geworden, doch wurde darüber fast vergessen, daß sich Guareschi auch in anderen Werken als temperamentvoller und gewandter Erzähler erwies. Dies bestätigt sich in den vorliegenden zwölf Geschichten. Wiederum sind die Dörfer und Städte der Bassa – der Po-Ebene – Schauplatz der Geschehnisse, und die Menschen, die dargestellt werden, kommen zu einem großen Teil aus dem Umfeld von Don Camillo und Peppone. Hier allerdings gewinnen sie eigenes Profil. Guareschi läßt das Leben selbst aus den Geschichten sprechen: das Leben der Menschen in der geliebten Bassa, wo nichts ihm fremd und das Schicksal genaues Abbild menschlichen Tuns und Lassens ist.

DER AUTOR:

Giovanni (Giovannino) Guareschi, am 1. Mai 1908 in Fontanelle di Rocca Bianca/Parma geboren. Journalist, Karikaturist, Dekorationsmaler und Werbezeichner. 1936–1943 Chefredakteur der humoristischen Wochenzeitung *Bertoldo*. 1943–1945 in deutscher Gefangenschaft. Seit 1945 Direktor der satirischen Zeitschrift *Candido* in Mailand, deren Herausgeber und Chefredakteur er bis 1961 war. Giovanni Guareschi starb am 22. Juli 1968 in Cervia.

Giovanni Guareschi

Der verliebte Mähdrescher

und weitere Geschichten
vom Autor des Don Camillo

ein Ullstein Buch

ein Ullstein Buch
Nr. 20858
im Verlag Ullstein GmbH,
Frankfurt/M – Berlin
Italienische Originaltitel:
Il decimo clandestino/Noi del Boscaccio

Übersetzt von Hanny Bezzola-Küng

Ungekürzte Ausgabe

Umschlagentwurf:
Hansbernd Lindemann
unter Verwendung einer
Zeichnung des Autors

Taschenbuchausgabe mit Genehmigung
der Albert Müller Verlag AG,
Rüschlikon-Zürich
Deutsche Ausgabe

Printed in Germany 1987
Druck und Verarbeitung:
Clausen & Bosse, Leck
ISBN 3 548 20858 4

Januar 1988

Vom selben Autor
in der Reihe der
Ullstein Bücher:

Enthüllungen eines Familienvaters (42)
Genosse Don Camillo (2612)
Don Camillo und die Rothaarige (2890)
... und da sagte Don Camillo ... (20482)
... aber Don Camillo gibt nicht auf ... (20555)
... und Don Camillo mittendrin ... (20736)
Das Schicksal heißt Clothilde (20757)

CIP-Kurztitelaufnahme
der Deutschen Bibliothek

Guareschi, Giovannino:
Der verliebte Mähdrescher und
weitere Geschichten vom Autor des
Don Camillo/Giovanni Guareschi.
[Übers. von Hanny Bezzola-Küng]. –
Ungekürzte Ausg. – Frankfurt/M; Berlin:
Ullstein, 1988
(Ullstein-Buch; Nr. 20858)
Orig.-Ausg. gesondert u. d. T.:
Guareschi, Giovannino:
Il decimo clandestino u.:
Guareschi, Giovannino:
Noi del Boscaccio
ISBN 3-548-20858-4

NE: GT

Inhaltsverzeichnis

Romeo und Julia von der Bergamina

Es war ein Haus auf Rädern, so wie die Zigeuner sie haben, nur um einiges größer und wuchtiger.
Darin wohnten nicht Seiltänzer, sondern Wanderschauspieler: ein komplettes Theaterensemble mit Kulissen, Kostümen, Bühnenbeleuchtung und allem.
Außer dem Wohnwagen besaß die Truppe ein altes, windschiefes Automobil, das sie brauchte, um herumzufahren, Plätze zu mieten und in den Dörfern Plakate anzuschlagen. Es vermochte den großen, schweren Wagen nicht zu ziehen, aber trotzdem kamen die Theaterleute sehr gut zurecht, denn überall wo sie Halt machten, fanden sie problemlos einen Traktor, der ihre Behausung für wenig Geld zum nächsten Spielort schleppte.
Die kleine Truppe hielt sich schon eine Weile in der Gegend auf, und alles war sozusagen wie am Schnürchen gelaufen, bis zu dem vermaledeiten Novembermorgen, an dem sich der Zigeunerwagen auf die im Bau befindliche neue Straße wagte und absoff.
An jenem Tag zog ihn ein «Buick», so wird das in jener Gegend genannt: mit andern Worten ein selbstfahrendes Vehikel mit vier bereiften Rädern, aus vom Ortsschmied zusammengeschweißten, auf Schrottplätzen zusammengesuchten Alteisenstücken.
Der Theaterwagen blieb auf dem neuen Straßenstück, dort, wo die Kurve korrigiert worden war, stecken, und

die kleinen Räder versanken bis zur Achse im Schlamm. Der «Buick» kämpfte verbissen und brachte es dabei zuwege, selbst bis zur Achse einzusinken.
Die Bauern der umliegenden Höfe kamen herbei. Sie waren voll guten Willens, aber als der Theaterdirektor sie um ihre Zugochsen bat, schüttelten sie den Kopf. «Es ist nicht die Mühe wert, es zu versuchen», erklärten sie. «Der einzige, der euch aus dem Dreck ziehen kann, ist dem Tofini sein neuer Traktor.»
Sie zeigten dem Theaterdirektor, wo die Tofini wohnten, und dieser stieg in seine alte Karre und fuhr los.

Die Tofini wohnten in der Bergamina, einem großen, abseits gelegenen Gut. Es waren verstockte Leute, die am liebsten mit niemandem etwas zu tun hatten und alles haßten, was ihren Tagesablauf störte.
Der Theaterdirektor wurde daher recht kühl empfangen, und nachdem er erklärt hatte, wer er sei und was er wolle, sah er sich verschlossenen Marmorgesichtern gegenüber.
Er versuchte es noch einmal, und der Tofini-Vater erklärte: «Mein Traktor macht keine Transporte. Wir sind kein öffentliches Transportunternehmen.»
«Es geht nicht um eine Dienstleistung!» rief der Theaterdirektor aus. «Ich bitte Sie um einen Gefallen. Wie sollen wir die Vorstellung von heute abend hinkriegen, wenn wir den Wagen nicht flottbekommen und in Kürze weiterfahren können?»
«Das ist Euer Problem. Ich bin Bauer, nicht Komödiant.»
Der Theaterdirektor sah ein, daß er Pech hatte: Der Ton, in dem der Tofini «Komödiant» gesagt hatte,

machte mehr als deutlich, daß man in der Bergamina nichts für fahrendes Volk, egal welcher Gattung, übrig hatte.
So änderte er die Taktik und nahm einen letzten Anlauf. Der Traktor stand vor ihm im offenen Schuppen: so säuberlich geputzt, blitzblank und glänzend, daß jeder auf den ersten Blick begriff, daß die Tofini ihn hüteten wie ihren Augapfel!
«Ist das der Traktor, der uns aus dem Schlamassel hätte ziehen sollen?» fragte der Theaterdirektor. «Oder habt ihr noch einen andern?»
«Wir haben nur diesen, aber er ist soviel wert wie zwei», antwortete der Tofini.
«Sie wissen nicht zufällig, wer einen dieser starken Raupentraktore hat? Es handelt sich bei unserem Gefährt nicht um einen Karren, sondern um einen schweren Wagen.»
Der Tofini musterte ihn verächtlich.
«Mit oder ohne Raupen, das hier ist der stärkste Traktor in der ganzen Gegend.»
«Danke für die Auskunft. Wenn die Sache so liegt, werde ich einen Traktor von auswärts kommen lassen müssen.»
Der Theaterdirektor setzte sich wieder in sein Auto und fuhr davon.
«Romeo!» sagte der Tofini zu seinem jüngsten Sohn, der zusammen mit seinen beiden Brüdern auf den Vorplatz gekommen war. «Geh, zeig es diesen Mamelucken!»
Der junge Mann zog eine dicke Pelzjacke über und kletterte auf den Traktor.

Um das Unglücksgefährt hatte sich ein diskutierender Haufen angesammelt, und als Romeo mit dem Traktor aufkreuzte, sagte der Theaterdirektor eben mit lauter Stimme:
«Damit geht es nicht! Dazu ist ein schwerer Raupentraktor nötig. Was die haben, ist ein Spielzeug zum Spazierenfahren, das schafft das nicht.»
«Wer schafft es nicht?» brummte Romeo und sprang vom Traktor.
Der Theaterdirektor zuckte die Schultern. «Seht selbst, wie tief der Wagen eingesunken ist, dann werdet Ihr mir recht geben.»
Romeo gab keine Antwort: Er kletterte wieder auf den Traktor und hatte ihn in Kürze so gestellt, daß er den «Buick» in Schlepp nehmen konnte.
Zwei Minuten später war die Karre aus dem Dreck heraus, und Romeo fuhr rückwärts an den Theaterwagen heran und hängte ihn an. Dann legte er den Kriechgang ein, blockierte das Differential und fuhr los.
Der Traktor hatte tatsächlich die Kraft von zwei. Jedenfalls setzte das Stahlungetüm, nachdem es sich einige Minuten lang in den schlammigen Boden gefressen hatte, die Räder auf festen Grund und bewegte sich, den in allen Fugen knarrenden Wagen mit sich ziehend, vorwärts.
«Sieht so aus, als ob er es geschafft hätte», feixte Romeo, als er den Theaterwagen auf die feste Straße zurückgeschleppt hatte.
«Ich hätte es nie geglaubt», beteuerte der Theaterdirektor. «Was schulde ich Euch?»
Romeo, der vom Traktor gestiegen war und den Wagen abhängte, brummte:

«Wir sind kein öffentliches Transportunternehmen. Die Genugtuung ist uns Lohn genug.»
Der Fahrer des «Buick» trat herzu.
«Die Kupplung ist kaputt», eröffnete er dem Theaterdirektor. «Ich kann euch nicht mehr schleppen.»
«Und wie kommen wir nach Casaletto?» fragte der Theaterdirektor bekümmert.
Romeo hörte auf, am Traktor herumzuhantieren und richtete sich auf.
«Jetzt, wo der Wagen ohnehin angehängt ist, schleppe ich euch auch gleich nach Casaletto. Ich muß einen Kanister Dieselöl kaufen, so schlag ich zwei Fliegen mit einer Klappe.»
Er kletterte wieder auf den Sitz und drehte den Zündungsschlüssel.

Der Traktor der Tofini war phänomenal. Er fuhr wie der Teufel und schien das Gewicht des mächtigen Theaterwagens gar nicht zu merken. So kam es, daß unvermittelt das Vorderfensterchen des Wagens aufgestoßen wurde und jemand herausrief: «Fahrer, bitte schön!»
Romeo verlangsamte die Fahrt und drehte sich um.
Er hatte noch nie ein so schönes junges Mädchen gesehen, und um sich zu vergewissern, daß seine Augen ihn nicht täuschten, hielt er an.
«Entschuldigen Sie», sagte das Mädchen und lächelte. «Ich muß mein Kostüm flicken, damit ich es heute abend wieder anziehen kann, aber wenn der Wagen so holpert, kann ich die Nadel nicht einfädeln.»
Das Mädchen fädelte die Nadel ein und sagte:
«Jetzt können Sie weiterfahren. Wenn Sie nicht zuviel Gas geben, werde ich sogar nähen können.»

Romeo schaltete die Zündung ein und setzte die Fahrt ganz langsam fort.
Als er in Casaletto einfuhr, stieß er am Dorfeingang auf den Theaterdirektor, der ihm im Auto vorausfuhr, um ihm den gewählten Standplatz zu zeigen, und als sie dort ankamen, brachte Romeo den Theaterwagen mit einem spektakulären Manöver genau in der Mitte des Runds zum Halten und schaltete den Motor ab.
Dann drehte er sich um, und seine Augen begegneten denen des Mädchens, denn offensichtlich hatte dieses sich nicht in den Wagen zurückgezogen, um das Kostüm zu flicken, sondern war am Fensterchen geblieben.
«Wenn ich spielen könnte, wie Sie fahren, wäre ich in der Tat eine Künstlerin!» rief das junge Mädchen begeistert.
Romeo errötete und wußte nicht recht, was er antworten sollte, aber zum Glück kam gleich darauf der Theaterdirektor.
«Das ist wirklich sehr nett gewesen von Ihnen. Sie haben das großartig gemacht», sagte er zu Romeo. «Jetzt müssen Sie mir sagen, was ich Ihnen für Ihre Mühe schulde.»
«Ich bin kein öffentliches Transportunternehmen», erklärte Romeo. «Überdies habe ich ohnehin herkommen müssen, weil ich einen Kanister Dieselöl kaufen muß. Ich will nichts.»
«Trinken Sie wenigstens ein Gläschen mit uns», beharrte der Theaterdirektor.
«Ich trinke keinen Schnaps.»
Das junge Mädchen lehnte sich aus dem Fensterchen und tippte Romeo auf die Schulter.
«Aber eine Karte für die Vorstellung von heute abend werden Sie doch annehmen», sagte es.

Romeo drehte sich um und sah das sich zu ihm herabbeugende Mädchen und wußte sofort, daß er nicht nein sagen konnte.
«Eine Eintrittskarte gerne», erlärte er.
Der Theaterdirektor streckte ihm sofort zwei Eintrittskarten entgegen.
«Für Sie und Ihr Mädchen», sagte er.
«Eine genügt», erwiderte Romeo. «Ich habe kein Mädchen.»
Das Mädchen strahlte ihn mit weitaufgerissenen Kulleraugen an.
«Sie haben kein Mädchen?» fragte es.
«Nein», erwiderte Romeo gelassen.
«Warum nicht?»
«Ich habe einen schwierigen Charakter», erklärte Romeo. «Mit mir kommt nicht so schnell eine aus.»
Das Mädchen verwarf in ehrlichem Erstaunen die Arme: «Komisch. Das hätte ich nie gedacht. Sie machen einen so ruhigen, ernsten Eindruck.»
«Ich bin es, ich bin ernst. Das ist mein Pech», seufzte Romeo. «Zu ernste junge Männer haben bei den Mädchen von heute kein Glück.»
Das Mädchen musterte ihn mißtrauisch, dann schüttelte es den Kopf und sagte:
«Sie sind ein mit allen Wassern gewaschener Schlaumeier! Aber ich muß Sie enttäuschen, bei mir kommt das nicht an. Ich bin keine Unschuld vom Land und krieche Ihnen nicht auf den Leim.»
Romeo kramte in der Tasche, förderte die Eintrittskarte zutage und streckte sie dem Mädchen hin. «Da. Nach dem, was Sie gesagt haben, habe ich keine Lust mehr, Sie spielen zu sehen.»

Das Mädchen zog sich ins Wageninnere zurück und schloß kratzbürstig das Fensterflügelchen.
Romeo ließ sich nicht beirren, er machte die Eintrittskarte mit Speichel feucht und klebte sie auf eines der Fensterchen.
Dann kletterte er wieder auf den Traktor und ging den Kanister Dieselöl kaufen, zurrte diesen so gut es ging hinten auf dem Gefährt fest und machte sich schnurstracks auf den Heimweg.
Er kam nicht weit, denn nach drei Kilometern hielt er den Traktor an, blieb sitzen, umklammerte das Lenkrad und ging mit sich zu Rate.

Die Vorstellung fand im Saal am Hauptplatz statt: Die Truppe gab «Romeo und Julia», und das junge Mädchen, das die Julia spielte, bemerkte am Ende des ersten Akts, daß Romeo – der vom Traktor – unter den Zuschauern war.
Nach der Vorstellung stieß es wieder auf ihn. Er wartete bei der schmalen Theaterwagentür.
«Noch immer hier?» fragte es. «Ich hatte Ihnen doch die Lust genommen, mich spielen zu sehen?»
«Ja, aber auf dem Heimweg ist mir die Lust wieder gekommen.»
«Und was sagen Sie jetzt?» erkundigte sich das Mädchen sarkastisch.
«Ihr Spiel ist in Ordnung.»
«Aber Ihres nicht», erklärte das Mädchen kurzangebunden. «Gute Nacht und auf Wiedersehn. Oder vielmehr leben Sie wohl. Wir ziehen morgen früh weiter.»
Das Mädchen verschwand hinter der schmalen Wagentür. In diesem Augenblick erschien der Theaterdirektor.

«Sie kommen mir gelegen», freute sich der Theaterdirektor. «Sie kennen sich in der Gegend aus, können Sie mir sagen, wer uns morgen früh mit dem Traktor nach Torricella schleppen könnte?»
«Das mache ich», brummte Romeo.
Der Theaterdirektor sah ihn verblüfft an.
«Müssen Sie auch in Torricella Dieselöl kaufen?» fragte er vorsichtig.
«Warum? Bin ich Ihnen lästig? Haben Sie mich über?»
«Du lieber Himmel, nein. Ich habe das im Scherz gesagt. Verstehen Sie keinen Spaß?»
«Nein.»
Der Theaterdirektor betrachtete Romeos breite Schultern und zuckte seine schmalen Schultern.
«Es muß jeder auf seine Art selig werden», sagte er schließlich. «Wir sollten morgen um sieben aufbrechen können.»

Am nächsten Morgen um sieben setzte sich der Theaterwagen in Bewegung und steuerte mit Volldampf Torricella zu. Romeo, der im Auto des Theaterdirektors geschlafen hatte, hatte steife Glieder. Jetzt verschlug ihm die eisige Morgenluft den Atem, dennoch fuhr er nicht langsamer.
Als der Traktor auf dem Hauptdamm oben war, verließ Romeo die asphaltierte Straße und bog in den Karrenweg ein, der voll Schlaglöcher war. Der Wagen knarrte, und die armen Teufel in den engen «Schloßgemächern» zuckten zusammen, das Schlimmste befürchtend. Wer noch nicht wach war, war es augenblicklich. Auch Julia erwachte, sprang aus ihrem Holzsarg und war schon am Vorderfensterchen des Wagens und zeterte:

«Fahrer, wollen Sie uns umbringen?»
Als sie merkte, daß wiederum Romeo den Traktor steuerte, bereute sie ihr Gezeter. Um so mehr als Romeo, statt Gas wegzunehmen, nur noch schneller fuhr.
In Torricella stieg Romeo, als er den Theaterwagen an Ort und Stelle gebracht hatte, vom Traktor, um den Wagen abzuhängen und zu verschwinden. Aber als er einen Augenblick aufschaute, entdeckte er die Julia am Fensterchen und brachte von da an nichts Rechtes mehr zuwege.
Während Romeo versuchte, den Anhängebolzen herauszuziehen, erschien jemand auf dem Plan. Es war ein Mann um die achtunddreißig, der, kaum war er vom Motorrad gestiegen, herbeistürzte.
«Romeo!»
Romeos Kopf fuhr in die Höhe. Als Romeo seinen ältesten Bruder vor sich sah, verfinsterte sich seine Miene.
«Was soll das?» fiel der über ihn her. «Bist du übergeschnappt, bist du irrsinnig geworden? Warum bist du nicht nach Hause gekommen?»
«Ich bin nicht nach Hause gekommen, weil ich hierhergekommen bin», sagte Romeo mürrisch.
«Na schön, wir rechnen ab, wenn wir zu Hause sind», brummte der Mann unheilversprechend.
Romeo baute sich bolzgerade vor dem Bruder auf und packte ihn, mit der Rechten den Eisenstift umklammernd, am Kragen des dicken Mantels.
«Es wird sofort abgerechnet», erklärte er.
Mit Romeo war nicht gut Kirschen essen, denn er war von den drei Brüdern zwar der jüngste, aber der kräftigste und der, der am schnellsten handgreiflich wurde.

«Reg dich nicht auf, Romeo», sagte der Bruder begütigend. «Du bist gegangen, ohne ein Wort zu sagen, und bist über Nacht weggeblieben. Wir haben geglaubt, es sei ein Unglück geschehen.»
«Es wird ein Unglück geschehen, wenn ihr euch weiter in meine Angelegenheiten einmischt. Ich bin vierundzwanzig und brauche keine Amme.»
«Einverstanden. Darf man erfahren, wann du nach Hause kommen wirst?»
«Nie mehr», antwortete Romeo.
«Wie du meinst. Soll ich in diesem Fall den Traktor gleich nach Hause fahren?»
«Du läßt den Traktor hier. Ich behalte ihn. Zieht ihn mir vom Erbe ab. Kauft einen andern, wenn ihr einen braucht.»
Romeo ließ den Mantelkragen los, und der Bruder ging auf sein Motorrad zu.
«Wir rechnen später in aller Ruhe ab», sagte er laut, als er sich auf dem Sattel zurechtrutschte.
Romeo machte Anstalten, sich auf den Bruder zu stürzen, aber eine Hand packte ihn am Kragen der Pelzjacke.
«Bitte, lassen Sie das.»
Romeo fuhr herum und hatte das Gesicht des Mädchens vor sich, das den Auftritt vom Fensterchen aus mitverfolgt hatte und dessen Augen nun voller Angst waren.
«Warum wollen Sie nicht nach Hause zurückkehren?» fragte das Mädchen.
«Ich weiß warum», erklärte Romeo finster.
«Dürfte ich es nicht auch erfahren?»
«Sie werden es erfahren, wenn die Zeit gekommen ist und Sie es wissen müssen.»

Das Mädchen machte sich auf die Suche nach dem Theaterdirektor und zog ihn beiseite, berichtete ihm alles und sagte schließlich:
«Wir müssen etwas tun für den Ärmsten.»
«Das einzig Richtige wäre, ihm einen Stein um den Hals zu binden und ihn in den Po zu werfen. Haben wir nicht genug eigene Sorgen, daß wir uns noch mit einem verrückten Bauern belasten müssen, der der Primadonna mit dem Traktor folgt, ihr Eifersuchtsszenen macht und die ganze Bude durcheinanderbringt? Ein festangestellter Fahrer, der jeden Tag bezahlt werden will, ist zudem ein Luxus, den wir uns nicht leisten können. Mach sofort Schluß mit ihm und vertreib ihm die Lust, uns zu folgen.»
«Er folgt nicht euch, er folgt mir», begehrte das Mädchen auf. «Und ich entscheide, wer mir folgen darf und wer nicht. Und mit meinem Geld kann ich füttern, wen ich will.»
«Und an den Abenden, an denen es nicht einmal reicht, damit du dich satt essen kannst?»
«Ich kann fasten mit wem ich will», gab das Mädchen zurück.
Es sah Romeo den ganzen Tag nicht mehr. Nach der Vorstellung wartete er draußen.
«Wo sind Sie den ganzen Tag gewesen?»
«Ich habe gearbeitet.»
«Gearbeitet? Wo?»
«Auf einem Gehöft. Ich habe Bäume ausgerissen. Ich verstehe mit dem Traktor umzugehen, und für einen Traktor wie den meinen gibt es immer Arbeit.»
«Ich verstehe», erwiderte das Mädchen gelinde enttäuscht.

«Sie wollen sich also hier in Torricella niederlassen?»
«Ich habe mich für die Zeit, die ihr hier seid, verdingt. Nachher schleppe ich euch an den nächsten Ort und suche mir dort etwas, so wie ich es hier gemacht habe. Meine Ansprüche sind bescheiden: Ich muß nur soviel verdienen, daß ich zu essen habe und jeden Abend eine Karte für die Vorstellung kaufen kann.»
«Dafür müssen Sie kein Geld ausgeben», ereiferte sich das Mädchen. «Sie müssen keinen Eintritt bezahlen. Sie bekommen von mir soviel Karten, wie Sie möchten.»
«Nein, mir genügt eine für jeden Abend, an dem Vorstellung ist, und die kaufe ich mir mit meinem Geld.»
Sie blieben eine ganze Woche in Torricella, da es ein guter Spielort war.
Am achten Tag nahm der Traktor den Theaterwagen an den Haken und schleppte ihn bis nach Pontevecchio. Dort stellte er ihn auf dem vorgesehenen Platz ab und fuhr an den Fluß und spannte sich vor eine Karre voll Kies ...
In Pontevecchio geschah es, daß nach der letzten Vorstellung eine Gruppe Grundbesitzer aus der Gegend auf das Mädchen wartete und dieses, um sie loszuwerden, wenigstens mit ihnen in eine Kaffeebar gehen und sich zu einem Gläschen Kognak einladen lassen mußte.
Als das Mädchen zum Theaterwagen zurückkehren konnte, wartete Romeo immer noch dort.
«Würden Sie bitte dem Direktor sagen, er müsse sich für morgen einen andern Traktor suchen», sagte Romeo. «Ich fahre noch heute weiter.»
Das Mädchen fing an zu lachen.
«Ich verstehe, Sie verdrücken sich, weil die nächste Station der Truppe ihr Heimatdorf ist, und Sie sich vor

Ihren Bekannten und den Ihren daheim schämen. Mehr noch: Sie denken, Sie machen Ihrer Familie Schande, wenn man Sie mit uns und mit mir zusammen sieht. Sie sind ein ganz abgefeimter Schuft, jetzt wissen Sie es. Sagen Sie mir bloß nicht, Sie gingen,weil ich heute mit diesen Makaken ein Gläschen trinken gehen mußte.»
«In Ordnung, sagen Sie dem Direktor nichts.»

In der Bergamina erfuhren sie die Neuigkeit gegen Mittag.
«Romeo ist zusammen mit diesem Lumpenpack und diesem Teufelsweib im Dorf. Sie geben heute abend nur auf der Durchreise eine Vorstellung, während sie in einem Monat eine ganze Woche lang hier spielen werden. Sie ziehen morgen früh oder heute abend spät weiter.»
Gino, der mittlere der Brüder, der die Nachricht gebracht hatte, ließ auch die ironischen Sticheleien der Leute nicht unerwähnt, und die Mutter begann zu zetern:
«Der Schuft ruiniert unsern guten Ruf! Er stellt uns vor aller Welt bloß! Ein Tofini, der von zu Hause wegläuft und wegen einem Allerweltsliebchen zum Landstreicher wird! Ich getraue mich nicht mehr unter die Leute.»
Der Vater Tofini schien den Verstand verloren zu haben. Er hämmerte mit den Fäusten auf den Tisch und versetzte Türen und Stühlen Fußtritte.
«Wenn sie mir unter die Augen kommen, bringe ich beide um!» brüllte er. «Ich will sie nicht sehen, sonst geschieht ein Unglück.»
Am Nachmittag traf die alte Desolina in der Bergamina

ein, die ausgeschickt worden war, die öffentliche Meinung zu sondieren.
«Das ganze Dorf hat einen Heidenspaß», berichtete die Desolina. «Die Leute sind schlecht, sie hoffen, einer von euch stößt mit Romeo oder diesem Weib zusammen, und warten gespannt auf die Tragödie, die dann passieren würde.»
«Und der Hundsfott, was macht er? Versteckt er sich wenigstens?» schrie Vater Tofini.
«Sich verstecken? Er steht neben dem Zigeunerwagen, poliert seinen Traktor und schäkert mit dem Mädchen, das zum Fensterchen herausschaut.
«Sie provozieren uns!» schimpfte der älteste Bruder. «Es fehlt wenig, und ich gehe hinunter und ohrfeige beide.»
Der alte Tofini war eine Kämpfernatur: Nachdem er lange mit sich zu Rate gegangen war, knallte er seine Pratze auf den Tisch und sagte:
«Das Dorf will also einen Skandal? Es will auf unsere Kosten seinen Spaß haben? Unsere Kümmernis soll den schwarzen Seelen das Leben versüßen? Sehr wohl: das können sie haben. Heute abend gehen wir alle ins Theater. Es müssen vier Plätze in der allervordersten Reihe her. Wenn sie verkauft sind, werden sie trotzdem beschafft und das Doppelte, das Dreifache oder das Vierfache dafür bezahlt. Wir alle sehen uns seelenruhig und lächelnd die Vorstellung an. Die Leute werden vor Wut platzen.»
«Ich soll diesem Drecksweib gegenüber sitzen und ihm nicht ins Gesicht sagen, was für ein verworfenes Stück Mensch es ist, eine ganze Familie ins Unglück zu stürzen?» kreischte die Mutter. «Ich komme nicht mit.»
«Du kommst mit, schweigst und lächelst, als wüßtest du

nicht, wer die Hure ist. Häng dir den ganzen Goldschmuck um und laß das Haar ondulieren. Es wird ein fröhlicher Abend werden.»

Daß die Tofini vollzählig der Aufführung beiwohnen würden, wußten alle noch bevor die von der Bergamina im Dorf erschienen, und so war der Saal an jenem Abend zum Bersten voll.
Romeo saß nicht unter den Zuschauern, er blieb hinter den Kulissen, und als das Mädchen über ihn stolperte, fragte es, was los wäre.
«Bleiben Sie ganz ruhig», beschwor Romeo es. «Die drei schwarz gekleideten Männer und die schwarz gekleidete Frau in der Mitte der ersten Reihe sind mein Vater, meine Brüder und meine Mutter. Achten Sie nicht auf sie und spielen Sie, als ob nichts wäre. Was auch immer geschieht, ich bin hier.»
Heute abend: Romeo und Julia – Galaabend zu Ehren von Ester Galbugera, der unübertrefflichen Julia.
Es schien, als hätte sich an jenem Abend alles verschworen, um dem jungen Mädchen das Genick zu brechen, und der Unglücklichen war, als wiche der Boden unter ihren Füßen.
«Seien Sie ganz ruhig, und spielen Sie besser als je zuvor. Bleiben Sie am Schluß hier, und gehen Sie nicht ins Freie. Warten Sie bei mir, ich werde Sie, wenn die Luft rein ist, hinauslassen. Die Meinen sind keine schlechten Menschen, aber sie sind durchaus imstande, Leuten, die ihnen nicht in den Kram passen, das Fell zu gerben.»
Die Leute klatschten schon, man mußte beginnen. Der Vorhang hob sich.

In der Mitte der ersten Reihe warteten die vier Tofini in Gala lächelnd auf den Auftritt der Julia, um weiterlächeln zu können und die Leute vor Wut zum Platzen zu bringen.
Als die Julia auf der Bühne erschien, zuckte keiner der vier Tofini mit der Wimper.
Die arme Julia war an dem Abend derart durcheinander, daß sie nicht einmal ihre übliche Stimme fand. Sie hörte sich den Text sprechen und ihr war, als höre sie die Stimme einer andern. Alles an ihr war anders: die Bewegungen, der Rhythmus der Sprache, selbst das Atmen.
Romeo sah ihr gebannt zu und vergaß die vier, die in der ersten Reihe saßen. Er hatte das Mädchen schon öfter in der Rolle der Julia gesehen. Er hatte jedesmal gefunden, sie spiele gut, aber diesmal spielte sie mehr als gut. Es war, als wäre die echte Julia aus dem Grab gestiegen, um ihre traurige Geschichte hier noch einmal zu durchleben. Mutter Tofini hörte mit Kuhaugen und offenem Mund zu, und als am Schluß die endgültig tote Julia neben dem endgültig toten Romeo in der Gruft lag, schluchzte sie laut auf.
Auch Vater Tofini und die Söhne Tofini weinten und mit ihnen weinten alle andern, Peppone und die ganze Truppe inbegriffen.
Die Leute grölten und donnerten die Hände gegeneinander und ließen die Julia an die dreißigmal auferstehen. Und die Begeistertsten im begeisterten Publikum waren die Tofini.
Der Saal leerte sich, und Julia, die sich zusammen mit Romeo in den dunkelsten Winkel der Bühne gedrückt hatte, um den günstigsten Zeitpunkt zum Gehen abzu-

warten, mußte sich sofort draußen zeigen, denn die Leute waren vor dem Lokal auf der Piazza stehengeblieben und warteten auf sie, um sie noch einmal zu beklatschen.
Danach mußte sie sich auch noch drei- oder viermal am Fensterchen des Theaterwagens zeigen.
Während das alles vor sich ging, machte Romeo nebenan den Traktor zum Anhängen des Theaterwagens fertig. Die Leute würdigten ihn keines Blicks, sie hatten nur für Julia Augen, von der alle bezaubert waren.
Die Tofini merkten das wohl und strebten eiligst dem Fußballplatz zu, wo sie ihre Kalesche abgestellt hatten.

Bis sie das Dorf hinter sich hatten, sprachen die Tofini kein Wort. Dann brach die Mutter das Schweigen und jammerte weinerlich:
«Hast du gesehen, wie es herauskommt, wenn man sich zwischen die Kinder stellt? Das arme Geschöpf, so schön, so tugendhaft, so jung und zart und muß in einer Gruft sterben! Und er hat Romeo geheißen, genau wie der Unsere.»
«Mmmm», knurrte der Vater Tofini, um die Frau zum Schweigen zu bringen, die nun weiter vor sich hin greinte.
Der Karrenweg auf die Bergamina hinauf zweigt von der Landstraße ab, die das Dorf mit der Straße auf dem Damm verband. Als die Tofini bei der Einmündung des Karrenwegs anlangten, faßte der Vater die Zügel kurz und brachte das Pferd mitten auf dem Brücklein zum Stehen.
Niemand fragte, warum Vater Tofini anhielt, niemand war überrascht.

Sie blieben stumm sitzen und warteten.
Bald hörte man das Rattern des immer näher kommenden Traktors.
Romeo saß am Steuer und Julia, die nicht am Fensterchen hatte bleiben können, weil die andern schlafen wollten, hatte sich bis über die Nase eingemummt und war auf den Beifahrersitz auf dem Kotflügel des Traktors geklettert.
Als der Traktor die Chiusino-Kurve erreichte, sagte Romeo:
«Nach der Kurve das erste Sträßchen rechts ist der Weg, der zu unserem Hof führt. Wenn es heller wäre, könnte man das Haus sehen. Es ist ein schönes, großes Haus mit hohen Stuben, die nach Getreide riechen.»
«Tut es Ihnen leid, daß Sie es verlassen haben?» fragte die Julia leise.
Romeo kam nicht dazu, zu antworten, denn er wurde gebieterisch angerufen:
«Halt!»
Die vier Tofini waren aus der Kalesche gestiegen und standen mitten auf der Straße.
Romeo hielt an und wollte aufstehen, aber Julia klammerte sich verzweifelt an ihn.
Der Vater Tofini kam langsam auf den Traktor zu.
Einen Meter vor der Traktorschnauze befahl er mit harter Stimme:
«Abhängen!»
Romeo konnte sich nicht bewegen, denn Julia klebte verängstigt an ihm.
«Abhängen!» wiederholte der Vater Tofini.
Die Julia war inzwischen bestens vertraut mit dem Traktor. Sie sprang herunter und zog, nachdem sie sich

zwischen den Traktor und den Theaterwagen gezwängt hatte, den kleinen Pflock aus dem Ring, mit dem der Anhänger festgemacht war.
«Vorwärts», befahl der Tofini.
Romeo rührte sich nicht, da brüllte der Vater Tofini die Julia, die am Boden geblieben war und das Zugscheit des Theaterwagens festhielt, an:
«Ihr da, steigt auf! Worauf wartet Ihr?»
Als die Julia wieder auf dem Kotflügelsitzchen saß, drehte Romeo den Zündungsschlüssel und fuhr, in den Feldweg zur Bergamina hinauf einbiegend, los.
Die vier Tofini folgten in der Kalesche.
Der Theaterwagen blieb einsam mitten auf der Straße stehen.

Der zehnte heimliche Hausgenosse

Ein Jahr war seit Giacomos Tod vergangen. Vater Baralli fühlte, daß die Zeit gekommen war, die Karten auf den Tisch zu legen.

So brachte er das Problem eines schönen Abends aufs Tapet.

«Wie soll es nun eigentlich weitergehen?»

Sie hatten zuvor nie über das Problem gesprochen, aber ganz sicher war jedes schon mit sich darüber zu Rate gegangen und hatte bald die eine, bald die andere Lösung erwogen. So erstaunte die aus heiterem Himmel gestellte Frage denn auch niemanden. Auch Giacomo Barallis Witwe Marcella nicht.

Vielmehr war sie es, die dem alten Baralli antwortete.

«Ich weiß es nicht. Da müßt ihr schauen», murmelte sie.

«Nein, nicht wir, wir mit dir zusammen», hielt ihr der Alte entgegen. «Wir alle wissen, daß es so, wie es jetzt ist, nicht weitergehen kann.»

Der Jetztzustand war in der Tat mehr als unbefriedigend: Der alte Baralli und sein Sohn Antonio, der Bruder des Verstorbenen, mußten die ganze Sippe durchbringen. Antonio war verheiratet und hatte fünf Kinder, die außer Brotlaibe verzehren und Schuhsohlen durchlaufen nichts leisteten.

Die Witwe ihrerseits konnte, obwohl sie eine kräftige Frau von vierunddreißig Jahren war, nicht auf dem Hof

mit Hand anlegen und zwar aus Gründen, die von ihrem Willen unabhängig waren.
Eine neunköpfige Kinderschar, drei Jungen und sechs Mädchen zwischen minimal fünf und maximal zwölf Jahren, hält eine Mutter ganz schön in Trab. Man konnte von der Marcella nicht erwarten, daß sie dazu kam, auch noch auf dem Feld und im Stall mitzuarbeiten.
Ebensowenig konnte man von den andern erwarten, daß sie sich von früh bis spät abrackerten, um die zehn unnützen Mäuler zu stopfen.
Wenn man alles beim alten lassen wollte, kam man nicht ohne fremde Hilfe aus, und fremde Hilfe kostete Geld.
Die Zeit war reif, einen Entschluß zu fassen, und an jenem Abend sagte der Alte, was gesagt werden mußte.
«Wir müssen uns das zusammen überlegen. Jedes soll sagen, was es vorschlägt.»
Die Witwe zuckte die Schultern.
«Da gibt es wenig vorzuschlagen. Ich weiß, ich muß gehen, und ich will gehen, vorausgesetzt es ist mir möglich, meine Kinder zu ernähren.»
Nun meldete sich Antonios Frau zu Wort.
«Das ist schnell gesagt. Du erwartest doch nicht etwa von uns, daß wir dich so großzügig abfinden, daß du von den Zinsen leben kannst!»
«Ich möchte nur soviel, wie als Grundlage nötig ist, damit ich für mich und meine Kinder das tägliche Brot verdienen kann. Es sei denn ihr wollt, daß ich als Bettlerin herumziehe und Horoskopzettel feilhalte.»
«Komplizieren wir die Sache nicht», ermahnte der

Alte. «Betrachten wir die Dinge in aller Ruhe. Als erstes gilt es festzustellen, wieviel wir dir geben können, ohne daß wir deswegen den Hof aufgeben müssen.»

So zogen sie gemeinsam Bilanz, zählten lebendes Inventar und Sachwerte zusammen und rechneten Schulden, Guthaben und Bargeldreserven gegeneinander auf.

«Soviel stünde dir zu», erklärte der Alte schließlich. «Aber wollten wir dir die ganze Summe auszahlen, müßten wir das Vieh verkaufen und eine Hypothek auf das Land aufnehmen.»

«Ich brauche vorläufig nicht das ganze Geld», erwiderte die Marcella. «Die Hälfte würde mir genügen. Den Rest könnt ihr mir nach und nach geben. Wir werden uns schon einig werden.»

Sie einigten sich, und am nächsten Tag fuhr die Witwe in die Stadt.

Die Marcella war eine energische, entschlossene Frau. Sie wußte genau, was sie in der Stadt wollte.

Sie wußte es vor allem, weil sie schon seit mindestens sechs Monaten in größter Heimlichkeit mit der Hilfe eines verschwiegenen, findigen Männleins an der Verwirklichung eines Planes arbeitete.

Die Marcella machte sich also auf den Weg und erklärte dem Männlein:

«Wenn der Laden noch zu haben ist, können wir handelseinig werden. Ich habe das nötige Bargeld.»

Der Laden war noch zu haben, und mit der tatkräftigen Unterstützung ihres Helfers schloß die Marcella einen Pachtvertrag ab.

Als sie das erledigt hatte, erklärte sie:
«Ihr habt den Laden für mich gefunden, und jetzt müßt Ihr mir auch bei der Wohnungssuche helfen.»
Die Witwe hatte Glück. Das Männlein wußte mindestens drei leere Wohnungen, die für sie in Frage kamen.
Sie begaben sich unverzüglich zur nächstgelegenen und besichtigten sie. Sie bestand aus drei leidlich großen, sauberen Zimmern.
Die Hausbesitzerin führte Marcella persönlich durch die Wohnung.
«Sie ist wie für mich gemacht», freute sich die Witwe, als sie das ganze gemustert hatte. «Hier haben wir alle Platz.»
Die Hausbesitzerin musterte sie mißtrauisch.
«Entschuldigt, habt Ihr nicht gesagt, Ihr wäret verwitwet?»
«Ja, ich bin Witwe, aber ich habe Kinder.»
«Wieviele?»
«Neun», erwiderte die Marcella seelenruhig. «Das jüngste, ein Junge, ist fünf und das älteste, ein Mädchen, zwölf.»
Die Hausbesitzerin machte große Augen.
«Neun Kinder zwischen fünf und zwölf Jahren!» stammelte sie, «neun Kinder in einer Wohnung und Ihr den ganzen Tag im Laden! Lieber Himmel, nein, es ist völlig sinnlos, darüber auch nur noch ein einziges Wort zu verlieren.»
Das Männlein trocknete sich die schweißnasse Stirn.
«Signora, was erwartet Ihr von mir?» fragte die Marcella. «Wenn die Kinder einmal da sind, muß man sie behalten. Ich kann sie doch nicht ertränken.»

«Bewahre! Ich verlange nicht von Euch, daß Ihr sie ertränkt. Behaltet sie, aber nicht in meinem Haus, nicht hier.»

Die Marcella versuchte, ihr die näheren Umstände zu erklären, versicherte, es wären gut erzogene, ruhige Kinder, aber die Hausbesitzerin schüttelte den Kopf.

«Es ist nicht böser Wille, aber die Kinder der Mieter haben dieses Haus zur Hölle gemacht. Allein der Gedanke, daß zu denen, die schon hier sind, noch neun hinzukommen sollen, jagt mir kalte Schauer über den Rücken. Zudem geht es der Vorschriften wegen nicht. Der Rauminhalt der Wohnung reicht nicht aus für zehn Personen.»

«Die Kinder sind noch klein, sie atmen viel weniger Luft ein als Erwachsene», argumentierte die Marcella.

Aber die Signora blieb hart.

«Wenn es zwei, drei oder auch vier wären, würde ich ein Auge zudrücken, aber neun sind zuviel.»

Der Marcella war der Wind aus den Segeln genommen. Sie mußte wohl oder übel abziehen.

Kaum waren sie und das Männlein wieder draußen, verwarf dieses aufgebracht die Arme.

«Neun Kinder! Wie wollt Ihr hier in der Stadt jemanden finden, der bereit ist, Euch eine Wohnung zu vermieten?»

«Wieso? Ist Kinder haben in der Stadt etwas Anrüchiges?» fuhr die Marcella auf.

«Nein, aber neun und alle klein, das ist zuviel. Neun kleine, vaterlose Kinder, deren Mutter von früh bis spät im Laden steht! Könnt Ihr Euch nicht vorstellen, was für Unfug neun sich selbst überlassene Kinder in einem Haus treiben?»

«Sich selbst überlassen? Der Jüngste geht in den Kindergarten und alle andern zur Schule.»
«Und in den Ferien? In der Zeit, in der sie nicht in der Schule sind?»
Die Marcella bat das Männlein, ihr den Weg zur zweiten Wohnung zu zeigen.
«Ich begleite Euch, aber ich bleibe draußen und warte», erklärte dieses. «Ich will nicht gesehen und nicht verantwortlich gemacht werden. Ich lebe von der Wohnungsvermittlung und will mir den Markt nicht ruinieren. Geht hinein, aber sagt nicht, daß ich Euch schicke.»
Die Marcella ging allein ins Haus und stieß dort auf die Pförtnersfrau.
«Ja», bestätigte diese, «es ist eine Wohnung frei: zwei Zimmer und eine Küche. Aber bevor ich sie Euch zeige, müßt Ihr mir sagen, wieviel Personen ihr seid.»
«Ich bin Witwe.»
«Habt Ihr Kinder?»
«Ja. Vier.»
Die Pförtnersfrau verwarf die Arme.
«Kommt nicht in Frage. Was die Kinder betrifft, lassen die Hausbesitzer nicht mit sich reden. Sie gestatten allerhöchstens eines.»
«Ihr meint, ich soll die andern drei umbringen?» fragte die Marcella.
Die Pförtnersfrau zuckte die Achseln.
«In diesem Haus ist es nun einmal so. Ich halte mich lediglich an die Anweisungen.»
«Ich weiß, aber von seiten der Hausbesitzer ist es eine Gemeinheit.»
«Die Wohnungen sind klein. Knapp groß genug für

zwei Personen. Sie würden auch vom Rauminhalt her nicht genügen ...»
«Ich habe verstanden», fiel die Marcella der Pförtnersfrau ins Wort. «Ich werde unter den Bogen des Ponte di Mezzo Quartier beziehen müssen. Hoffentlich reicht wenigstens dort der Rauminhalt aus.»
Das Männlein war nicht erstaunt, als die Marcella kurz darauf Näheres über die dritte Wohnung zu wissen begehrte.
«Hört auf mich. Es lohnt sich nicht, hinzugehen. Von allen dreien ist diese für Euch am wenigsten geeignet.»
«Ihr könntet Euch ganz raushalten. Zeigt mir den Weg und laßt alles übrige meine Sorge sein.»

Als die Marcella vor dem Haus stand, in dem die dritte Wohnung lag, verlor aber auch sie den Mut.
Es war ein großer alter Palazzo, voller Würde und Strenge.
Ein ziemlich düsterer, beklemmender und einschüchternder Palazzo mit einem blitzsauberen, menschenleeren Vorhof, auf dem man sich automatisch nur im Flüsterton unterhielt, um die seit Jahrhunderten hier herrschende Stille nicht zu stören.
Aber die Marcella konnte nicht verzichten.
Die Pförtnersfrau streckte den Kopf aus ihrer Loge und musterte sie.
«Sie wünschen?»
Das Männlein hatte Marcella geraten, nach der Signora zu fragen, und so erklärte Marcella, sie möchte die Signora sprechen.
«Sind Sie vielleicht die Frau, die die Vermittlung schikken wollte?», erkundigte sich die Pförtnersfrau.

«Ja.»
«Erster Stock, die Türe geradeaus.»
Die Marcella stieg die Treppe hoch und stand bald vor einer hohen, lackierten Tür aus massivem Eichenholz. Sie klingelte, und die Tür öffnete sich im gleichen Augenblick, denn die Pförtnersfrau hatte die Signora ganz offensichtlich über das Haustelefon orientiert.
Die Marcella, deren Vorstellungskraft diese Art von Verständigung überstieg, war in höchstem Maße perplex.
«Treten Sie näher», forderte eine Frauenstimme sie aus dem Dunkeln auf.
Das Entrée, an dessen Wänden Ölgemälde hingen, hatte die Größe eines Saales.
«Schickt die Vermittlung Sie?» fragte die Signora, eine elegante Dame um die fünfundfünfzig, deren Gesichtszüge aber etwas Hartes hatten.
«Ja, Signora.»
Die Signora musterte Marcella von Kopf bis Fuß. Marcella wartete auf die Aufforderung, sich umzudrehen, denn es schien ihr selbstverständlich, daß die Signora auch die Hinterseite zu besichtigen wünschte.
«Sind Sie aus der Stadt?»
«Nein, Signora. Ich komme vom Land und möchte mich in der Stadt niederlassen.»
«Was haben Sie zu Hause im Dorf gemacht?»
«Ich habe zusammen mit meinem Mann auf einem Bauernhof gearbeitet. Dann ist mein Mann gestorben ...»
«Ich verstehe. Kinder?»
«Nein, Signora.»
«Würden Sie gerne in dieses Haus kommen?»
«Ja, Signora.»

Die Musterung schien zur Zufriedenheit der Signora ausgefallen zu sein.

«Gut», erklärte sie. «Wann können Sie die Stelle antreten? Das Hausmädchen ist gestern gegangen.»

Die Marcella hatte sich gleich wieder in der Hand.

«Tut mir leid, Signora. Es muß sich um ein Mißverständnis handeln. Ich bin nicht hier, um in Ihre Dienste zu treten, sondern weil man mir auf der Vermittlung gesagt hat, Sie hätten eine kleine Wohnung zu vermieten.»

Die Signora ärgerte sich und machte kein Hehl daraus.

«Ach! Warum haben Sie das nicht gleich gesagt?»

«Verzeihen Sie.»

Die Signora musterte die Marcella von neuem.

«Sie sind Witwe und wollen aus dem Dorf wegziehen, um sich in der Stadt niederzulassen?»

«Ja, Signora.»

«Weshalb?»

«Ich muß meinen Unterhalt verdienen und habe mit dem Erbteil meines Mannes eine Lebensmittelhandlung gepachtet ...»

Sie zog den Vertrag aus der Handtasche und reichte ihn der Signora.

Die Signora nahm Kenntnis von dem Schriftstück und gab es Marcella zurück.

«Es stimmt, ich habe eine Wohnung zu vermieten», erklärte sie widerstrebend. «Drei Dachzimmer im obersten Stock. Abgeschrägt, aber schön und gesund. Ich habe mir aber als Mieter einen Mann um die fünfzig vorgestellt, Sie dagegen sind eine Frau und zudem jung.»

Marcella hob die Arme zum Himmel.

«Signora, dafür kann ich nichts.»

Die Signora lachte.
«Ich mache Ihnen keinen Vorwurf. Es ist nur so, daß ein reifer Mann vertrauenswürdiger ist als eine junge Frau. Es ist ein sehr seriöses, sehr ruhiges Haus.»
«Ich bin auch sehr seriös und sehr ruhig. Ich ziehe in die Stadt, um mein Leben zu verdienen, nicht um Dummheiten zu machen.»
Die Marcella gefiel der Signora. Sie überlegte einen kurzen Augenblick und sagte dann:
«Sie haben gesagt, Sie sind verwitwet und kinderlos?»
«Ja, Signora.»
«Es geht mir in keiner Weise darum, Ihnen zu verbieten, sich wieder zu verheiraten, doch eines muß Ihnen klar sein, und wir werden das auch schriftlich festhalten: An dem Tag, an dem Sie wieder heiraten, räumen Sie die Wohnung. Es wohnen nur Berufstätige hier, alles Leute, die ihre Ruhe haben wollen. Es gibt keine Kinder im Haus, und es darf auch keine geben; das heißt, es darf sehr wohl welche geben, aber sie müssen zusammen mit ihren Eltern ausziehen. Haben wir uns verstanden?»
«Ja, Signora.»
Die Signora gab Marcella eine Karte.
«Gehen Sie zu dieser Adresse. Es ist die meines Verwalters. Er wird Ihnen den Mietvertrag zum Unterschreiben vorlegen. Selbstverständlich auch dann keine Kinder, wenn Sie nicht wieder heiraten.»
Kurz darauf stand die Marcella wieder draußen auf dem Vorplatz dem Männlein gegenüber.
«Und?»
«Alles in Ordnung», erklärte die Marcella.
«Und die Kinder?»
«Ich habe gesagt, ich hätte keine. Gott wird mir helfen.»

Einige Wochen darauf ließ sich die Marcella in der Stadt nieder. Allein, denn sie brauchte all ihre Zeit, um sich in der Lebensmittelhandlung einzugewöhnen. Aber da sie eine resolute, praktisch denkende Frau war, hatte sie schon nach zwei Monaten alles im Griff.
So fuhr sie an einem Sonntag ins Dorf zurück, um ihre Siebensachen abzuholen.
Der alte Baralli war überglücklich, daß die Schwiegertochter ein Auskommen und eine Bleibe gefunden hatte.
«Laß ungeniert drei oder vier Kinder hier, bis du dich voll und ganz eingelebt hast.»
«Ich nehme alle mit», erklärte die Marcella.
Während der Eisenbahnfahrt bereitete sie ihre Kinderschar sorgfältig auf das vor, was sie erwartete. Von der Ältesten bis zum Jüngsten erklärte sie ihnen, wie sie sich in Zukunft zu betragen hatten. Niemand im Haus durfte etwas von ihnen merken. Wehe, wenn sie entdeckt wurden.
Es war ein trostloser, regnerischer Winterabend: Über den Feldern und Dörfern lastete genau die schicksalsschwangere Stimmung, die dazu angetan war, die Phantasie der Kinder zu beflügeln.
Der Zug fuhr im Bahnhof ein, die Marcella stieg mit ihrer Kinderschar aus und steuerte dem Wartesaal dritter Klasse zu.
Dort verzehrten die Kinder, was man ihnen auf dem Hof mitgegeben hatte. Nach beendeter Mahlzeit erklärte die Marcella: «Jetzt macht ihr es euch bequem und schlaft. Wir müssen warten, bis es elf Uhr ist. Wenn die Pförtnersfrau zu Bett gegangen ist, schleichen wir uns leise ins Haus, ohne daß uns jemand sieht. Ich wecke euch, wenn es soweit ist.»

Cesarina, das älteste Mädchen, wollte nicht schlafen: Das geheimnisumwitterte Abenteuer war viel zu aufregend. Um elf Uhr leitete die Marcella mit ihrer Kinderschar die Operation ein. Durch sorgfältig ausgewählte, verlassene, menschenleere Gassen bewegten sie sich dem Palazzo zu.

Als sie beim Vorhof angekommen waren, gab die Marcella die letzten Anweisungen.

«Von jetzt an wird nur noch auf den Zehenspitzen gegangen. Ich will nichts hören, auch kein lautes Atmen. Sobald ihr beim Portal seid, bleibt ihr stehen und wartet.»

Die Schar setzte sich, dicht an die Mauer gedrängt, im Gänsemarsch in Bewegung. Als alle neun beim Portal angelangt waren, kontrollierte die Marcella mit einem raschen Blick die Fenster und steuerte darauf entschlossenen Schrittes über den Platz auf ihr Ziel zu. Sie öffnete die kleine Eingangstür und schob die Schwarzmieter ins Haus.

Der Flur lag im Halbdunkel, die Treppe im Dunkel. Ohne Licht zu machen, stiegen die geheimen Hausbewohner auf den Zehenspitzen Stockwerk um Stockwerk zum Dachstock hinauf. Ein Kind hinter dem andern, einzig das Jüngste nahm die Mutter auf den Arm. Sie schafften es ohne Zwischenfall. Erst als alle in der kleinen Wohnung waren, zündeten sie das Licht an.

Keines der Kinder sagte ein Wort. Sie standen reglos da und sahen die Mutter mit kugelrunden Scheinwerferaugen an. Die drei größeren Mädchen machten sich wortlos daran, die drei kleinen Brüderchen und die drei kleinen Schwesterchen auszuziehen. Die Marcella richtete unterdessen das große Ehebett.

Als alle Kinder im Nachthemd steckten, sortierte die Marcella sie unter die Decke: vier am Kopfende und vier am Fußende; dabei achtete sie darauf, daß immer versetzt oben zwei große und zwei kleine und unten zwei große und zwei kleine zu liegen kamen.
Das Jüngste nahm sie zu sich auf die Ottomane in der Wohnküche.

Die Pförtnersfrau öffnete das Portal um acht: Die Marcella machte um sechs Tagwacht, damit die Kinder um sieben, wenn noch alles im Palazzo schlief, bereit waren. Punkt sieben verließ die Schar ihr Nachtquartier.
Es war ein nebliger Morgen; wiederum eine Stimmung, die die Kinder das Geheimnisvolle, Verbotene des Abenteuers besonders fühlen ließ.
Die neun gingen wie auf Eiern, die Münder versiegelt.
«Jetzt könnt ihr wieder sprechen», erklärte die Marcella, als sie sich auf sicherem Boden befanden.
Doch keines sagte ein Wort.
Um zwanzig nach sieben betraten die Schwarzmieter den Hinterraum von Marcellas Laden. Dort frühstückten sie und warteten, bis es Zeit war, zur Schule zu gehen.
Um acht Uhr zwanzig vertraute Marcella, die die Kinder bereits eingeschrieben hatte, acht Schüler den öffentlichen Bildungsstätten an und übergab ihr neuntes Kind im Kindergarten den Nonnen.
Es waren Tagesschulen und ein Tageskindergarten, so daß die Kinder bis nachmittags um fünf versorgt waren. Aber danach? Konnte Marcella sie bis um elf Uhr spät in den Hinterraum des Ladens einsperren?
Eine beängstigende Vorstellung, die um fünf Uhr nach-

mittags, als sich die Marcella der im Hinterraum zusammengepferchten, neunköpfigen Schar gegenübersah, zur erschreckenden Wirklichkeit zu werden drohte.
Doch die göttliche Vorsehung griff ein.
Tognone erschien auf der Bildfläche, der alte Milchhändler, dessen Geschäft an Marcellas Laden grenzte. Er trat vom Hof her kommend durch die Hintertür ein und blieb, als er den versammelten Haufen sah, mit offenem Mund stehen.
«Habt Ihr eine Schule eröffnet?» fragte er die Marcella, die sich sofort vor ihre Kinder gestellt hatte.
Die Marcella erklärte ihm den Sachverhalt, und der alte Tognone, der so lang und dünn war wie eine Bohnenstange, überlegte einen Augenblick und sagte dann: «Der Palazzo, in dem ihr wohnt, gehört zu meiner Tour. Für heute schmuggle ich euch hinein.»
Tognone ging, um sich einen dicken, weiten Mantel überzuziehen. Als er zurückkam, sagte er, zu den Kindern gewandt: «Ich gehe ganz langsam, und ihr haltet euch dicht hinter mir.»
Die neun Schwarzmieter schlichen hinter Tognone her. Als dieser die Einfahrt zum Vorhof erreicht hatte, blieb er stehen und winkte die Schar zu sich.
«Ihr fünf kommt mit mir, und ihr andern wartet hier auf mich. Und kein einziges Wort!»
Die fünf ausgewählten Schwarzmieter, darunter auch der jüngste, folgten Tognone, der sie, unmittelbar bevor er durch das Portal trat, unter seinen weiten Mantel zog.
«Während ich mit der Pförtnersfrau spreche, schlüpft ihr lautlos hervor und schleicht die Treppe hinauf.»
Im Flur pflanzte er sich dann breitspurig vor dem Fenster der Pförtnerloge auf.

«Guten Abend, Zerlinda.»
Die Alte öffnete das Guckfensterchen eine Spalte.
«Was wollt Ihr?»
«Könnt Ihr mir sagen, ob hier in der Nähe ein gewisser Boraschi eingezogen ist?»
«Boraschi? Noch nie gehört.»
Der Milchmann erfand noch eine Geschichte und zog dann ab. Der erste Schub Schwarzmieter hatte bequem Zeit gehabt, unter dem Mantel hervorzukriechen und sich zur Treppe zu stehlen.
Draußen wartete der zweite Schub. Tognone deckte die vier Schwarzmieter mit seinem Mantel zu und wiederholte die Operation.
«Zerlinda», begann er und pflanzte sich zum zweitenmal breitspurig vor dem Fensterchen der Pförtnersfrau auf. «Ich habe vergessen, Euch zu fragen, ob die Signora vom zweiten Stock Euch wegen der frischen Eier Bescheid gesagt hat.»
«Ich weiß von nichts», brummte die Pförtnersfrau, während der zweite Schub die Treppe hinaufhuschte.
Die Marcella wartete klopfenden Herzens und ruhelosen Sinns.
Als Tognone auftauchte, packte sie ihn aufgeregt am Mantel: «Wie ist es gegangen?»
«Gut», erwiderte Tognone, «aber macht Euch nichts vor, so geht das nicht weiter. Neun Kinder lassen sich nicht verleugnen.»
«Ich muß sie verstecken, solang es irgendwie geht. Vielmehr, ich muß die Art und Weise, wie sie am Abend wieder ins Haus kommen, besser organisieren. Bis um sieben können sie sich hier herumtreiben. Ich werde dafür sorgen, daß ich ihnen im Hinterraum des Ladens

das Abendbrot kochen kann. Um halb acht werden sie essen und nachher bis um elf im Laden schlafen. Ich muß lediglich ein paar Pritschen beschaffen. Um elf gehe ich mit ihnen nach Hause und dann gute Nacht. Im Augenblick habe ich keine andere Wahl.»

Für die armen Teufel wurde das Leben zur Hölle. Einzig am Donnerstag und am Sonntag kamen sie ein wenig zur Ruhe. Den Donnerstag verbrachten sie ohne die Mutter allein in ihren vier Wänden. Den Sonntag verbrachten sie zusammen mit der Mutter in ihren vier Wänden.
An diesen beiden Tagen holten sie den verlorenen Schlaf nach und träumten die unterbrochenen Träume neu.
Die Kinder verhielten sich großartig: Sie kamen sich wie Gesetzlose, wie blinde Passagiere vor und alle, vom Kleinsten bis zum großen Mädchen, verhielten sie sich wie Gesetzlose, wie blinde Passagiere.
Sie flüsterten auch außerhalb des Palazzos und erstarrten, wenn sie in der Wohnung eingesperrt waren, beim geringsten Knistern oder Knarren zu Salzsäulen.
Sie führten dieses Leben einige Monate. Solange der Nebel und der Winter sie unterstützten, ging alles gut.
Dann kam der Frühling. Die Fenster öffneten sich, und die Menschen schauten wieder hinaus.
Da geschah das Unglück.

Es war an einem Donnerstagvormittag im April gegen elf Uhr. Die Hausbesitzerin hatte ihre Morgentoilette beendet und nun war ihr danach, einen Blick aus dem auf den Hof gehenden Fenster zu werfen, um zu sehen, was der Himmel für eine Farbe hatte.

Sie schaute nach oben und sah, daß der Himmel von einem wunderschönen Blau war. Doch sie sah noch etwas anderes, und dieses andere erschreckte sie bis ins Mark.
Die beiden Mansardenfenster waren geschlossen, aber die Rouleaus waren nicht ganz heruntergelassen.
An den Fensterscheiben plattgedrückt klebten neun kleine Nasen, und über den Nasen standen achtzehn Augen, riesengroße Punkte, die wirkten wie tausendachthundert.
Die Signora zog den Kopf zurück und trat ans nächste Fenster, um die eigenartige Erscheinung, ohne gesehen zu werden, einer eingehenden Prüfung zu unterziehen.
Eine heilige Empörung bemächtigte sich ihrer und wandelte sich in Zorn.
Sie folgte der Eingebung; stürmte aus der Wohnung und hastete die Treppen hoch zum Dachgeschoß. Dort klopfte sie gebieterisch an die Tür.
Es geschah nichts. Sie drückte das Ohr an die Tür: Drinnen rührte sich nichts.
Sie klopfte noch einmal und spähte schließlich durchs Schlüsselloch. Sie sah Cesarina, Marcellas Älteste. Das Mädchen stand reglos an der Wand, nacktes Entsetzen in den weit aufgerissenen Augen.
«Mädchen!» rief die Signora mit harter Stimme. «Mach sofort auf, oder ich rufe die Polizei. Ich bin die Hausbesitzerin. Los, wird's bald!»
Es dauerte nicht lange, bis die Tür aufging. Die Signora stürmte in die Wohnung.
«Wer bist du?» fragte sie das Mädchen.
«Die Nichte der Mama», stammelte das arme Kind, und die Tränen stiegen ihm in die Augen.

«Ach ja! Die Nichte der Mama!» spottete die Signora mit einem hämischen Lachen. «Und die andern?»
«Ich bin allein», preßte das entsetzte Mädchen leise hervor.
Die Signora riß die Tür zur Wohnküche auf: niemand. Im kleinen Badezimmer niemand und auch in der Rumpelkammer niemand.
Die Signora ging ins Schlafzimmer, aber das große Bett war leer.
Im Schrank war niemand, und in den Schubladen der Kommode war niemand.
Die Signora hob den bis auf den Fußboden herabhängenden Bettüberwurf und bückte sich.
Kein Mensch würde es für möglich halten, daß man Augen so weit aufreißen kann wie die sechzehn, die nun aus dem Halbdunkel des Verstecks unter dem Bett blitzten.
«Kommt sofort hervor!» schrie die Signora.
Ihre Stimme klang furchterregend. Die heimlichen Hausbewohner krochen einer nach dem andern unter dem Bett hervor und flüchteten sich allesamt in die Ecke, in der schluchzend das älteste Mädchen stand.
«Seid ihr neun jetzt alle, oder sind noch mehr unter dem Bett?» fragte die Signora laut und barsch.
Marcellas Jüngster schüttelte verneinend den Kopf.
«Und ihr seid alle Nichten und Neffen der Mama?» fragte die Signora barsch weiter.
Alle neun nickten.
Es gelang der Signora nicht, den neun auch nur ein einziges Wort abzuringen. Darum setzte sie sich und wartete auf die Tante der neun Jammergestalten.
Nach zwanzig Minuten erschien die Marcella. Als sie

die Wohnung betrat, glaubte sie, ihr Herz müßte stillstehen.
«Sie sind die kinderlose Witwe, die mich vor einigen Monaten gebeten hat, ihr diese Wohnung zu vermieten, nicht wahr?» fragte die Signora sarkastisch.
Die Marcella verwarf die Arme.
«Wunderbar», fuhr die Signora fort. «Die Vertragsklauseln sind soweit klar, aber was wird passieren? Ich werde Sie auffordern, die Wohnung zu räumen, und Sie werden zum Redakteur des kommunistischen Wochenblattes der Stadt laufen und ihm Ihre Lage schildern. Einige Tage später wird jedermann lesen können, daß meine, dem korrupten, ausbeuterischen Bürgertum angehörige Wenigkeit eine arme Frau mit nicht weniger als neun kleinen Kindern auf die Straße setzen will und so weiter und so fort. Und ich dumme Gans habe Sie für eine brave, einfache Frau vom Land gehalten.»
Die Marcella schüttelte den Kopf.
«Ich bin eine ehrbare Frau, Signora, und komme aus einer ehrbaren Familie. Ich werde zu niemandem laufen und nicht Himmel und Hölle in Bewegung setzen. Ich werde nicht um Erbarmen flehen und niemanden um Schutz bitten. Aber ich werde Sie etwas fragen, Signora: Haben Sie in den letzten fünf Monaten ein einziges Mal etwas davon gemerkt, daß hier neun Kinder wohnen?»
«Nein, aber heute bin ich dahintergekommen.»
«Tun Sie, als wüßten Sie von nichts. Wir werden so weiterleben wie bis jetzt und weder Sie noch sonst jemanden im Haus belästigen. Sobald ich eine Wohnung gefunden habe, die sich für uns eignet, ziehe ich mit der ganzen Kinderschar aus. Wenn Sie möchten, gebe ich Ihnen das schriftlich.»

Die Signora stand auf.
«In Ordnung. Wir werden darauf zurückkommen.»
Die Signora kehrte in ihre Wohnung zurück. Sie sagte niemandem etwas von ihrer Entdeckung, nicht einmal ihrem Mann. Doch sie trat an diesem Tag mindestens hundertmal ans Fenster und versuchte, hinter den Vorhängen hervor festzustellen, was sich oben abspielte. Aber sie sah immer nur die beiden verlassenen Fenster mit den ganz nach unten gezogenen Rouleaus, hinter denen sich nichts bewegte.
In der Nacht schlief sie ausgesprochen schlecht und stand am nächsten Morgen schon um fünf hinter dem Ausguck auf das Treppenhaus auf der Lauer.
Um sechs entdeckte sie die Marcella, die, gefolgt von ihrer Kinderschar, auf den Zehenspitzen und mit angehaltenem Atem die Treppe herunterkam.
Die Signora war den ganzen Tag über nervös und wich am Nachmittag nicht mehr vom Treppenhausausguck. Sie mußte herausfinden, wie diese vermaledeite Familie wieder ins Haus gelangte. Um das zu erfahren, mußte sie bis gegen Mitternacht ausharren.
Als es soweit war, erspähte sie im Halbdunkel des Treppenhauses die Marcella mit dem Trupp der neun heimlichen Hausgenossen im Gänsemarsch wie Gespenster nach oben huschen.

Der nächste Tag, ein Samstag, verlief genau wie der Tag zuvor. Es wurde Sonntag. Ein Sonntag voll Sonne und einem klaren, blauen Himmel.
Die Signora stand schon um sieben am Fenster und blickte am Palazzo hoch. Aber die beiden Dachfenster waren öde und verlassen.

Sie trat zwanzigmal wieder ans Fenster und schaute nach oben – die Dachfenster blieben unverändert leer. Um elf verließ sie ihre Wohnung und stieg zum Dachgeschoß hinauf.
Sie klopfte an, Marcellas Älteste öffnete. Die Signora drang bis zur Schlafzimmertür vor und riß sie auf.
Die Marcella lag allein im riesigen Ehebett, aber der zerwühlte Deckenberg verriet das heimliche Leben, das darunter pulsierte.
«Guten Morgen.» Die Stimme der Signora klang eisig.
«Guten Morgen, Signora», stammelte die Marcella. «Entschuldigen Sie, daß wir noch im Bett sind. Heute ist unser freier Tag. Bitte, nehmen Sie Platz.»
Ein Kinderkopf nach dem andern tauchte aus dem Deckenberg auf: ein Gartenbeet, auf dem Blumen sprossen.
Die Signora beobachtete das eigenartige Schauspiel mit verkniffenem Gesicht, dann trat sie ans Fenster und riß es auf.
«Die frische Luft, der Sonnenschein und der blaue Himmel gehören doch nicht mir, sie gehören allen ... auch verlogenen Mietern.»
Damit machte die Signora kehrt und ging. Kurz darauf erspähte sie von ihrem Posten hinter dem Vorhang aus achtzehn Augen, die durch die beiden Dachfenster zum Himmel schauten. Als schließlich auch Marcellas Gesicht auftauchte, stieß die Signora die Fensterläden auf, zeigte sich und winkte die Frau zu sich herunter.
Eine Viertelstunde später erschien die Marcella, die sich in Eile zurechtgemacht hatte. Die Signora erwartete sie in einem Damastsessel sitzend im Salon.
«Hören Sie gefälligst mit der Komödie des Weggehens

im Morgengrauen und Heimkommens um Mitternacht auf», fuhr die Signora sie an.
An der Wand hinter der Signora hing auf Schulterhöhe ein Ölporträt, das die Signora mit einem wunderschönen kleinen Jungen auf dem Schoß zeigte.
Die Marcella betrachtete verzückt das Gemälde. Sie hatte das Gesicht dieses liebreizenden Kindes schon irgendwo gesehen.
Sie entdeckte dasselbe Kindergesicht auch wirklich auf dem Medaillon wieder, das die Signora auf der Brust trug.
Die Marcella wurde feuerrot.
«Es tut mir leid», stammelte sie.
«Was tut Ihnen leid?» fragte die Signora laut und ungeduldig.
«Tut es Ihnen leid, daß Sie neun gesunde, muntere Kinder haben?»
«Ja, Signora», erwiderte die Marcella. «Zum ersten Mal in meinem Leben tut es mir leid.»
«Reden Sie keinen Unsinn, und gehen Sie am Nachmittag mit den Kindern spazieren.»
Die Signora harrte hinter dem Treppenhausausguck aus, bis sie die neun heimlichen Hausbewohner im Gänsemarsch auf den Zehenspitzen herunterkommen sah.
Später, als die Sonne sich allmählich dem Horizont näherte, kehrte sie auf ihren Beobachtungsposten zurück, denn sie wollte die Schar heimkommen sehen.
Sie mußte bis zum Abend ausharren.
Sie hörte sie nicht heraufkommen, denn sie gingen auf den Zehenspitzen und gaben keinen Ton von sich. Im Treppenhaus war es dunkel, doch die Straßenlampen

erleuchteten das große Fenster, und die Signora sah die Schatten ihrer Schwarzmieter über das helle Paneel huschen.

Zuerst glitt der Mutterschatten vorbei und, an den Rock des Mutterschattens geklammert, der Schatten des jüngsten heimlichen Hausbewohners.

Es folgte der Schatten des heimlichen Hausbewohners Nummer zwei.

Eins, zwei, drei, vier, fünf, sechs ... Die Signora zählte die Schatten der heimlichen Hausbewohner. Als sie neun gesehen hatte, wollte sie sich abwenden, doch es erschien ein zehnter Schatten. Es war der Schatten eines Kindes, das ganz anders war als die übrigen neun. Als dieser Schatten in der Mitte des erleuchteten Fensters angelangt war, blieb er stehen, hob den Arm grüßend und winkte mit der Hand.

Ja, er grüßte wirklich sie, die Signora.

Der zehnte heimliche Hausbewohner grüßte und ging seines Weges; er trat aus dem Lichtschimmer heraus, und sein Schatten löste sich in der Dunkelheit auf.

Doch die Signora hatte ihn erkannt, und ihre Augen schwammen in Tränen. Aber ihr Herz war ruhig und heiter.

Der verliebte Mähdrescher

Gion war der drittälteste von uns zwölf Brüdern, und als für ihn die Zeit gekommen war, in den Militärdienst einzurücken, war ich es, der ihn mit dem Fuhrwerk in die Kaserne brachte.
«Sieh zu, ob du ihn in der Zwischenzeit überzeugen kannst», legte er mir ans Herz, bevor wir uns trennten.
Schon seit einigen Jahren verschwand Gion, wenn man im Boscaccio mit dem Dreschen des Getreides anfing, von zu Hause und ging und sah der Dreschmaschine zu. Er blieb drei oder sogar vier Wochen weg und saß die zwanzig oder dreißig Tage irgendwo im Schatten und schaute der Maschine zu. Er aß, wenn sie ihm etwas zu essen gaben, und am Abend, wenn sie mit Dreschen fertig waren und die Dreschmaschine und die Strohpresse an den Schlepper ankuppelten, wartete er an der Straße auf das Züglein und folgte ihm zum nächsten Dreschplatz. Er schlief auf dem Heuboden, und am nächsten Morgen kletterte Gion, kaum hörte er das laute Pfeifen, hinunter und suchte sich ein bequemes Plätzchen, wo er niemandem im Wege war, und schaute einmal mehr der Dreschmaschine zu.
Im ersten Jahr hatte ihn mein Vater nach zweitägigem Suchen auf dem Dreschplatz des Piopaccio aufgestöbert. Er brachte ihn nach Hause und schlug ihn, aber am nächsten Morgen war Gion erneut weiß der Himmel wo und schaute der Dreschmaschine zu.

Nun holte ich, der Erstgeborene, ihn heim, schlug ihn und sperrte ihn in den Speicher.
Er machte sich durch das Fensterchen davon, und Felice, der Zweitgeborene, machte sich auf die Suche. Felice war schmächtiger als Gion, aber Felice war der Zweitgeborene und Gion der Drittgeborene, und Gion ließ sich ohne Sträuben auch von Felice schlagen, denn Gion war ein disziplinierter Junge.
In der Nacht ließ Gion sich am Ablaufrohr der Dachrinne hinunter: Er war schon mit fünfzehn ein Teufelskerl, und das vierte Mal holten ihn Manuele, Diego, Rem und Clem gemeinsam zurück. Es gelang ihnen, ihn zu schlagen und in den Keller zu sperren.
Am Morgen war die Türe aus den Angeln gehoben.
Es blieben die jüngsten fünf: Davide um die zehn, Giaco um die neun, Macco um die acht, Vasco um die sechs und Chico um die fünf. Kaum hatten sie herausgefunden, daß Gion verschwunden war, stürmten alle fünf brüllend über die Felder, und kein Mensch konnte sie zurückhalten.
«Wenn der Hund es fertigbringt, Chico auch nur ein Haar zu krümmen, schieß ich ihn mit der Flinte tot», sagte mein Vater.
Gegen Mittag hörten wir ein Gekreische auf dem Vorplatz. Gion kam zurück. Davide, Giaco, Macco und Vasco hatten sich, je zu zweit, an seine Arme gehängt und schleppten ihn vorwärts, Chico ging hinter ihnen her und schlug Gion mit einem Stock auf den Rücken.
Gion hätte die Rasselbande mit einem einzigen Prankenhieb abschütteln können, aber er ließ sie seelenruhig gewähren, und mein Vater strich sich den Schnurrbart glatt und sagte: «So, jetzt ist genug.»

«Noch fünf!» kreischte Chico, dem es Spaß machte, auf Gion einzuhauen.
«Nein, nur noch einmal», bestimmte mein Vater. Das war das erste Mal, daß er Chico etwas abschlug.
Am nächsten Morgen war Gion wieder auf irgendeinem Dreschplatz und schaute der Dreschmaschine zu, aber niemand zog aus, ihn zu suchen. So verschwand Gion, wenn man im Boscaccio mit Dreschen anfing von zu Hause und kam zwanzig oder dreißig Tag später zusammen mit der Dreschmaschine zurück; denn da wir am meisten Land besaßen und es eine ganze Woche dauerte, bis unser Getreide gedroschen war, kamen wir stets als letzte an die Reihe.

Gion war ein starrköpfiges Kind des Boscaccio, wie alle im Boscaccio ihre Verschrobenheit hatten. Der einzig wirklich Normale war ich. Aber im Grunde, warum sollten sich, wenn sich die einen in eine Frau verlieben können, die andern nicht in eine Maschine verlieben können? Gion hatte sich in die Dreschmaschine verliebt und träumte davon, eine Dreschmaschine zu besitzen. Darum versuchte er, seinen Vater zu überreden, ihm eine Dreschmaschine zu kaufen.
Er sagte: «Jeder wird mit einem Beruf im Gehirn geboren, bei mir hat es den eines Maschinisten getroffen. Kauft mir einen Mähdrescher, also Schlepper mit Dreschmaschine, Strohpresse und allem Nötigen für den Mais, dann dresche ich Euch Euer Getreide, kaum ist es geschnitten, und es vertrocknet nicht oder wird schimmlig, wenn es feucht ist, wie jetzt, wo es einen Monat herumliegt. Nachher werde ich allen großen Dreschplätzen nachfahren, weil ich nämlich eine der ganz neuen

Antriebsmaschinen wählen werde, so daß die Leute zusammenlaufen und sie mit offenem Mund bestaunen werden. Überdies mache ich auch alle Maisplätze. Hier entkörnt man den Mais noch von Hand. Wenn ich eine Maispflückmaschine hätte, könnte ich Tag und Nacht arbeiten. Ganz zu schweigen davon, daß man jetzt mit dem neuen Stahlseilsystem die Antriebsmaschine beim Pflügen die ganze Zeit im Karrenweg stehenlassen kann. So sprach Gion, doch mein Vater erklärte ihm, er sei verrückt und solle sich die Stahlseile um den Hals knüpfen.
Aber die Dreschmaschine war eine fixe Idee von Gion, und als er Soldat wurde, bat er mich zuletzt noch, zu versuchen, meinen Vater zu überreden, ihm die Maschine zu kaufen.
Am Anfang schrieb Gion fleißig und sprach in jedem Brief von der Maschine. Später schrieb er auch noch, aber seltener, und die Maschine erwähnte er nicht mehr.
«Der Militärdienst tut ihm gut», sagte mein Vater nach einem Jahr. «Schreib ihm, wenn du ihm antwortest, daß ich, falls er mit dem Betrag, den ich ihm schicke, nicht auskommt, bereit bin, ihn zu verdoppeln. Das wichtigste ist, er macht seine Sache recht.»
«Erinnere ihn an das Ding», fügte meine Mutter bei.
Meine Mutter hatte Gion, jedes Mal wenn ich ihm schrieb, nur dieses eine mitzuteilen: Lieber Gion, vergiß das Ding nicht. Am Tag, an dem Gion eingerückt war, hatte meine Mutter ihm nämlich gesagt: «Denk daran, mir, wenn du aus dem Militärdienst zurückkommst, ein feines Sieb zu bringen. So eines, wie das, das letztes Jahr kaputtgegangen ist.»
Als seine Zeit um war, kam Gion zurück. Wir waren

beim Essen. Mein Vater, ich und meine zehn Brüder saßen am Küchentisch, da stieß meine Mutter, die sich mit der noch auf dem Feuer stehenden Frittata unterhielt, mit einem Mal ein «Ohh!» aus.
Gion stand unter der Haustür, sein Kopf berührte beinahe den Sturz. Er hatte eine Artillerieuniform an und war so groß und breit, daß die Küche mit einem Mal viel kleiner schien. Er stand reglos mitten in der Tür, die Hände auf dem Rücken.
Meine Mutter sagte zu ihm:
«Donnerwetter, komm doch rein. Was versteckst du Schönes? Eine Kanone?»
Gion brachte die linke Hand zum Vorschein und streckte der Mutter ein großes Paket hin.
«Oh, das Sieb!» rief meine Mutter vergnügt und verzog sich in eine Ecke und machte sich ans Auspacken.
Gion rührte sich noch immer nicht, und ich sagte lachend zu ihm:
«Was versteckst du noch? Komm herein und zeig es uns!»
Gion trat einen Schritt vor und zog nun auch die Rechte hinter dem Rücken hervor. Zuerst kam ein von Gions großer Faust umklammertes Händchen zum Vorschein, dann ein Arm und schließlich stand das ganze schmächtige, zarte, junge Mädchen mit gesenktem Kopf da.
«Das ist mein Schatz», erklärte Gion und wurde rot. «Wir werden heiraten.»
Alle schwiegen.
Nach einiger Zeit fing mein Vater zu sprechen an.
«Gion», sagte er, «komm, setz dich und iß. Kommt auch, Mädchen, setzt Euch und eßt.»

Das Mädchen sagte: «Nein, danke», und hob den Kopf und sah uns verängstigt an.
Es hatte ein stark gepudertes Gesicht mit einem feuerrot gestrichenen Mund und sehr müden Augen. Es stank auf eine Meile nach Parfüm.
Es setzte sich in eine Ecke und sah uns weiterhin an, als wollten wir es schlachten.
Wir aßen wortlos, dann wandte sich mein Vater Gion zu:
«Wo hast du sie aufgegabelt?»
«In der Stadt», antwortete Gion mit gesenktem Kopf.
«Das ist genau das Sieb, das ich mir gewünscht habe!» rief die Mutter entzückt. «Ich habe es ausprobiert, das Mehl wird so fein wie Puder.»
Jetzt gewahrte sie das Mädchen in der Ecke und unterbrach sich.
«Wer ist das?»
«Mein Schatz», sagte Gion. «Wir werden bald heiraten.»
«Wunderbar», rief die Mutter fröhlich. «Kommt, schönes Kind, setzt Euch und eßt. Ich freue mich so! Und du?» fragte sie meinen Vater.
«Ich nicht», erklärte der Vater ruhig.
«Ist das Sieb teuer gewesen?» erkundigte sich die Mutter bei Gion.
«Einszehn», sagte Gion.
«Das ist nicht viel», stellte die Mutter befriedigt fest. «Ich geh' und rühr' den Hühnern das Fressen an. Wenn du Käse möchtest, er ist im Küchenschrank.»
Nachdem die Mutter hinausgegangen war, wandte sich der Vater noch einmal Gion zu.
«Gion, ich habe dich gefragt, wo du sie aufgegabelt hast.»

«Ich weiß wo», erwiderte Gion, ohne den Kopf zu heben. «Sie gefällt mir, und ich werde sie heiraten.» Gions Stimme war hart. Der Teufelskerl war ein Starrkopf. Er würde sie geheiratet haben, auch wenn der Vater ihm deswegen das Haus verboten hätte und er sich als Taglöhner hätte verdingen müssen.

Das junge Mädchen zitterte in seiner Ecke, und sein weißgepudertes Gesicht sah aus wie das einer Toten.

«Ich werde sie heiraten», wiederholte Gion dickschädlig und starrte dabei auf das Tischtuch und zerkrümelte sein Brot.

«Ich kaufe dir die Maschine», sagte mein Vater.

Gion schüttelte den Kopf.

«Mit Dreschtrommel und Maispflücker», fuhr mein Vater fort.

Gion stützte die Ellenbogen auf den Tisch und nahm den Kopf zwischen beide Hände.

«Einer soll anspannen und das Mädchen in die Stadt zurückfahren», befahl der Vater mit lauter Stimme. Gion rührte sich nicht.

«Ich gehe», erklärte Felice, stand auf und ging zur Tür.

Das junge Mädchen erhob sich und eilte ihm nach.

«Nichts für ungut», murmelte es.

Mein Vater streckte ihm einen Fünfhundertlireschein hin.

«Nehmt, für Eure Unkosten.»

Das junge Mädchen ging wie betäubt hinaus, den Geldschein in der Hand. Als man das Pferd über die Straße stampfen hörte, stand Gion auf und lief hinaus, aber das Fuhrwerk war schon ein gutes Stück vom Haus entfernt.

Felice war am Abend nicht zurück. Er kam auch am nächsten Tag nicht. Er kam nie wieder. Das Pferd und

der Buggy dagegen kamen zurück: Felice hatte sie einem vom Boscaccio, der in die Stadt gegangen war, anvertraut.
«Felice hat gesagt, er habe sich in der Stadt niedergelassen», berichtete der Mann. «Er ist mit einem schönen, blonden, bemalten Mädchen zusammengewesen.»
Gion bekam seine Maschine: einen kompletten Mähdrescher mit Strohpresse und Maispflücker. Eine hundertzwanzig Zentner schwere «Stradale Lanz» mit einem grünen, von glänzenden Kupferbändern umspannten Kessel. Wenn er damit die Straße entlang fuhr, zitterten die Häuser.
In jenem Winter fand Gion ein hübsches Mädchen, das in der Ghianda Morta wohnte.
Und Gion setzte jeden Samstag die «Stradale» unter Druck, rasierte sich, zog frische Kleider an und kletterte am Abend auf seinen Hundertzwanzig-Zentner-Koloß und fuhr in Richtung Ghianda Morta davon.
Sobald er vor dem Haus des Mädchens angelangt war, zog er an der Schnur, und die Dampfpfeife stieß eine weiße Wolke aus – wie einen wallenden Federbusch – und ließ ihr Pfeifen in den Himmel steigen – das Liebeslied des Mähdreschers …

Der Genosse Jesus

Cabassa liegt oben, gegen die Berge zu. Um es kurz zu sagen: ein trostloses Dorf, wo Mais gepflanzt wird und Kommunisten gezüchtet werden. Da es zwei Kilometer von Cabassa entfernt eine Brücke gibt, kamen im Krieg die Vermaledeiten, die Bomben auf Brücken werfen, und so gingen sieben Häuser und die Kirche in Stücke, während die Brücke keinen Kratzer abbekam.
Da rückten zum ersten Mal alle mit ein paar Batzen heraus und bauten die Kirche wieder auf. Die Roten sagten: «Woran wollen wir sonst am Tag, an dem wir die proletarische Revolution machen werden, unsern Spaß haben, wenn nicht einmal eine lumpige Kirche zum Zerstören da ist?»
Die Revolution fand nie statt, aber die Roten freuten sich beinahe darüber. «Dem lieben Gott wird die Kirche auf diese Weise immer teurer», sagten sie. «Um so größer wird die Kränkung sein, wenn wir sie ihm zerstören werden.»
Zudem konnten sie sich mit dem Pfarrer anlegen, und das war etwas sehr Wichtiges.
«Noch wichtiger als die Kirche zu zerstören», sagte der Chef der Roten immer, «ist, die Leute dazu zu bringen, der Kirche den Rücken zu kehren; sie dazu zu bringen, die Unwahrheiten zu durchschauen, die die Kirche seit Jahrhunderten in Umlauf bringt, um das Volk einzulullen.»

Der Chef der Roten von Cabassa war ein ganz Gewiefter: ein Intellektueller, einer, der in der Schule fleißig gelernt und dann im Gefängnis fleißig gelernt und schließlich im Ausland und zuletzt zu Hause studiert hatte. Einer, der fähig war, zwei Stunden lang zu sprechen, ohne ein einziges Mal Luft zu holen. Die von Cabassa suhlten sich in seinen Reden, und wenn der Chef von der Parteileitung als Redner in die umliegenden Gemeinden geschickt wurde, stiegen immer viele Leute aufs Fahrrad und folgten ihm, um ihn sprechen zu hören und «Bravo, Gisto!» zu rufen, auch wenn sie dazu dreißig oder vierzig Kilometer weit pedalen mußten. Er hatte einen Anhang wie eine Fußballmannschaft.

Der Chef hatte dem lieben Gott den Krieg erklärt und war entschlossen, bis zum Letzten zu gehen. Aber er gehörte nicht zu denen, die Bomben auf Prozessionen werfen oder den Priestern mit dem Gewehr in den Rücken schießen, um den lieben Gott zu bekämpfen.

«Wir haben es mit einem intelligenten und überaus starken Feind zu tun», sagte Gisto immer. «Daher müssen wir schlau vorgehen. Man kann einem Christ nicht sagen: Du sollst nicht mehr glauben und nicht mehr in die Kirche gehen. Man muß ihm vielmehr sagen: Bravo, ich bin auch ein Christ, wir wollen zusammen in die Kirche gehen. Dann hakt man sich bei ihm ein, redet von Heiligen und Madonnen und führt ihn auf einen andern Weg. Auf unsern Weg.»

Es ging auf Weihnachten zu, und Gisto berief eine außerordentliche Versammlung ein.

«Weihnachten», sagte Gisto, «ist ein gefundenes Fressen für die Priester. Denn alle fallen auf das Bethlehemge-

schichtlein herein, und selbst die Gleichgültigsten laufen am Ende zur Mitternachtsmesse in die Kirche. Dieses Jahr müssen wir uns ins Zeug legen und verhindern, daß sich diese Schweinerei wiederholt.
Jeder hatte eine Idee: die Kirche anzünden, den Pfarrer und die Gläubigen verprügeln und dergleichen.
Gisto schüttelte den Kopf.
«Das ist genau das, was die Priester gerne möchten. Der Vorschlag, die Priester durchzubeuteln, die Kirchen einzuäschern und denen, die in die Kirche gehen, das Fell zu gerben, ist prima. Aber es sind Maßnahmen, die erst in einer zweiten Phase zu ergreifen sind. Vorerst gilt es, die Grundfesten der Kirche zu unterhöhlen. Sobald das Gemäuer ins Wanken geraten ist, schlagen wir zu, und das Ganze stürzt ein. Um die Leute davon abzuhalten, am Heiligen Abend in die Messe zu gehen, müssen wir uns bei ihnen einhaken und sie andere Wege führen. Auch wir werden Christi Geburt feiern und zwar in einer Art und Weise, die das Interesse und die Neugierde der Leute weckt, eine Art und Weise, die von der traditionellen Bedeutung von Christi Geburt nichts übrigläßt. Als erstes gründen wir jetzt ein ‹Komitee der christlichen Verbrüderung›, das für den Heiligen Abend ein ‹Geistliches Spiel› im Freien organisiert.
«Du meinst eine Parodie», rief einer dazwischen.
«Keine Spur von Parodie», entgegnete Gisto energisch. «Wenn wir mit einem so alten Hut kommen, können wir einpacken. Nein, etwas Ernstes, etwas erschrekkend Ernstes. Das Geheimnis liegt gerade im Ernst des Spiels: Es muß die Leute in Bann schlagen, so daß sie, ohne es zu merken, in die Falle gehen.»

Der Chef zog ein dichtbeschriebenes Heft aus einem Umschlag.
«Das Konzept ist klar: Wir stellen Christi Geburt dar, so wie es die Priester auch machen. Mit haarklein denselben überlieferten Requisiten. Aber während die Priester die These von der Menschwerdung des Gottessohnes vor Augen führen, werden wir die These von der Gottwerdung des Menschensohnes vor Augen führen. Etwas, das einem im ersten Augenblick entgehen wird, das aber von grundlegender Wichtigkeit ist. Wir brauchen nur ganz wenige Sachen dazu: Wir bauen auf der Piazza vor dem zerbombten Haus der Giobini eineinhalb Meter vom Boden eine Tribüne. Die Ruine dient als Bühne, wir müssen lediglich noch einige Maschinenteile hineinstellen, die finden wir leicht. Das Ganze muß nämlich eine zerfallene Fabrik darstellen. Zuoberst pflanzen wir einen Fahnenmast auf, eine Stange, die wir schwarz anstreichen, damit sie in der Dunkelheit verschwindet. Zwischen der Mastspitze und dem Dach des Hauses von Brelli, der einer der Unsern ist, spannen wir einen Draht. Die öffentliche Beleuchtung wird ausgeschaltet. Wir haben unsere Scheinwerfer und Lautsprecher. Die Musikgesellschaft spielt das Finale. Kurz und gut, alles Dinge, die vorhanden sind oder die wir in zwei Tagen herrichten können.»
Gisto öffnete das Heft und begann zu lesen.

Erster Teil

(Die Musik spielt zur festgelegten Zeit oben auf der Hauptstraße eine geistliche, nicht eine politische Hymne. Die Leute stellen sich beidseits der Straße auf. Wenn die Musik fertig ist, erscheint die Heilige Familie. Sankt

Joseph und die Madonna sind zwei Bauersleute, wie Sankt Joseph und die Madonna gekleidet. Die Madonna sitzt auf dem Esel, und Sankt Joseph zieht den Esel hinter sich her. Auf Grund einer Absprache mit dem Bürgermeister erlöschen alle Straßenlampen, und ein Scheinwerfer beleuchtet Maria und Joseph. Der Scheinwerfer ist auf dem Lieferwagen mit dem Lautsprecher installiert, der der Heiligen Familie langsam vorausfährt. Der Lieferwagen ist durch zwei Kabel mit zwei Mikrophonen verbunden: Eines ist auf dem Kopf des Esels befestigt und ist für den Joseph, das andere ist in Kopfnähe im Mantel der Madonna versteckt und ist für die Maria. Die Handlung beginnt, der Joseph hält mit dem Esel vor einem Haus an.)

Joseph:
(ruft mit müder Stimme) – He, gute Leute! Könnt ihr einer armen, leidenden Mutter Speis und Trank und eine Unterkunft geben?
(Es antwortet niemand, Joseph geht weiter und bleibt nach wenigen Schritten vor einem andern Haus stehen. Aber niemand schenkt ihm Gehör. Da seufzt die Madonna.)
Maria: *(seufzend)* – Deine Mühe ist umsonst, Genosse Joseph. Sie haben Ohren und hören nicht, und sie haben Augen und sehen nicht ... An die Tür der Reichen zu klopfen, ist vergebene Müh. Sie sitzen in ihren kühlen Häusern und erlaben sich an seltenen Speisen und köstlichen Weinen und kümmern sich nicht um das leidende Volk!
Joseph: Du hast recht, Genossin Maria. Aber ich habe den Glauben an die Menschen noch nicht verloren und

bin noch immer sicher, daß sich eine Türe öffnen wird. Die Reichen sind schlecht, aber es wird doch in diesem Dorf auch einen Armen geben.
Maria: Ja, Genosse Joseph, Arme gibt es auf der ganzen Welt: Arme und Unterdrückte. Aber sie ächzen in den Gefängnissen oder schlafen in abscheulichen Kellern und können unsere Stimme nicht hören.

Zweiter Teil
(Joseph geht weiter und bleibt ab und zu stehen und klopft an die Türen der Reichen, aber niemand öffnet ihm. Die Leute gehen mit und verfolgen das Geschehen mit wachsender Anteilnahme. So gelangt der Zug auf die Piazza. Die Piazza liegt im Dunkeln, der Scheinwerfer, der die Ruinen der zerfallenen Fabrik beleuchtet, wird eingeschaltet. – Joseph, Maria und der Esel gehen die schiefe Ebene neben der Tribüne hinauf und erscheinen in den Ruinen der Fabrik. Die Madonna steigt mühsam vom Esel.)
Joseph: Genossin Maria, mutet es dich nicht eigenartig an, daß wir, die die Erde bestellen, ausgerechnet in einer Fabrik Zuflucht gefunden haben? Mutet es dich nicht eigenartig an, daß wir, die aus dem Reich der Natur kommen, im Reich der Maschine geendet sind?
Maria: Nein, Genosse Joseph. Im Gegenteil, ich sehe einen tieferen Sinn darin: Es ist wie ein göttlicher Fingerzeig. Der Bauer lehnt sich schutzsuchend an den Arbeiter, und brüderlich vereint gehen sie gemeinsam den Freudenweg des Volksaufstands!
Joseph: Wie wahr ist, was du sagst, Genossin Maria! Nur so können sich die Arbeiter aus der Knechtschaft befreien. Doch o weh, ich sehe keine Arbeiter hier.

Maria: Sie schlafen in elenden Hütten und ächzen in den Gefängnissen.

Joseph: O weh, hier zerfällt alles: die Maschinen sind verrottet und voll Staub!

Maria: Es ist die verheerende Politik des Tyrannen Herodes, die die nationale Industrie ruiniert und die Arbeiter auf die Straße getrieben hat! Doch weh mir, Genosse Joseph! Kalte Schauer fahren mir durch die Glieder ... *(gedehntes Stöhnen).*

(Für einen Augenblick gehen alle Lichter aus, während die Musik gedämpft eine geistliche, nicht politische Hymne spielt. Nun leuchtet auf Brellis Hausdach ein großer roter Stern mit einem langen Schweif auf. Er hängt an zwei kleinen Rollen, die auf dem zwischen dem Haus und dem Mast gespannten Draht laufen. Er wandert langsam auf die Fabrik zu. Unvermittelt gehen die Lichter wieder an, und man sieht die Wöchnerin mit dem Jesuskind im Arm. Im Nacken des Jesuskindes ist ein Mikrophon befestigt, so daß die Madonna mit geschickt verstellter Stimme tun kann, als wäre es das Jesuskind, das spricht.

Der rote Stern bleibt über der Fabrik stehen. Nun kommen die Heiligen Drei Könige über die schiefe Ebene herauf. Der erste fährt im Auto, er ist dick und trägt einen Zylinderhut, er symbolisiert den Kapitalismus. Der zweite schreitet unter einem von vier ausgemergelten, zerlumpten Jammergestalten getragenen Baldachin, er ist dick und trägt das Gewand eines hohen Geistlichen und symbolisiert den Klerikalismus. Der dritte sitzt in einem als Panzer verschalten Auto, auf dem der amerikanische Stern und die Buchstaben USA aufgemalt sind. Er ist dick und trägt eine Generalsuniform.

Der Kapitalismus tritt vor, kniet vor dem Jesuskind nieder und schenkt ihm ein Säcklein.)

Kapitalismus: Ich bin der Kapitalismus und bringe dir Gold, um dich, o mein Gott, reich zu machen.
Jesus: Nein, ich will es nicht. An diesem Gold klebt Blut. Es ist Gold, das dem arbeitenden Volk gestohlen worden ist. Ich kann nicht dein Gott sein!
(Nun tritt der Klerikalismus vor und schenkt dem Kindlein ein Weihrauchfaß.)
Klerikalismus: Ich bin der Klerikalismus und bringe dir Weihrauch, um dich zu ehren, o mein Gott!
Jesus: Ich will ihn nicht! Dein Rauch dient einzig dazu, die Augen des Volkes zu vernebeln. Ich kann nicht dein Gott sein!
(Der Militarismus tritt vor, kniet nieder und schenkt dem Kindlein ein Masehinengewehr.)
Militarismus: Ich bin der Militarismus und bringe dir Maschinengewehre. Maschinengewehre, damit du mächtig wirst, o mein Gott!
Jesus: Nein, ich will sie nicht. Es sind die Waffen, die das Fleisch des Volkes zerfetzen. Ich kann nicht dein Gott sein. Fort! Fort! Hebt euch weg von meinem Angesicht!
(Die sogenannten Heiligen Drei Könige entfernen sich beschämt, und nun nähert sich eine kleine Schar armer Leute: Frauen, Männer, Kinder.)
Arbeiterin: *(streckt Jesus ihren Säugling hin)* – Ich habe außer ihm nichts, das ich dir schenken könnte, Genosse Jesus. Ich schenke ihn dir.
Arbeiter: *(zeigt seine schwieligen Hände)* – Dies ist mein einziger Reichtum, Genosse Jesus: Meine Arbeit gehört dir, ich schenke sie dir.

Kriegswitwe: Ich habe nur meinen Schmerz, Genosse Jesus, ich schenke ihn dir.
Junger Schwindsüchtiger: Mir ist nur die Hoffnung geblieben, Genosse Jesus, ich schenke sie dir.
Politisch Verfolgter: Und ich schenke dir meine Leiden und die langen Jahre im Gefängnis.
Intellektueller: *(überreicht Jesus ein dickes Buch von Karl Marx und eines von Lenin)* – Das ist meine geistige Arbeit!
(Andere treten herzu und bringen ihre Gaben, schließlich ruft das Jesuskind gerührt aus:)
Jesus: Ja, Genossen, das sind Gaben, die mein Herz erfreuen, und ich nehme sie an mich. Ich nehme eure Leiden, eure Hoffnungen, euren Schmerz an mich und bewahre sie im roten Schrein meines Herzens und werde nur euer Bestes wollen, o Genossen! Ja, ich bin euer Gott und werde es immer sein!
(Eine mächtige Stimme erhebt sich, ein Orkan von Stimme.)
Stimme: Erhebt euch, Brüder! Erhebt euch! Der Sohn des Volkes ist geboren! Der Sohn des Volkes ist geboren!
(Die Heilige Familie ist im Dunkel, der Scheinwerfer schwenkt langsam nach oben und strahlt allmählich ein riesiges Porträt von Lenin an, das sich vom schwarzen Himmel abhebt. Während es aus der Menge noch mächtig widerhallt: «Der Sohn des Volkes ist geboren!» intoniert die Musik die Internationale, und über dem Schweif des großen roten Sterns wird jetzt die Leuchtschrift ‹Lest die Parteizeitung!› eingeschaltet.)

Dritter Teil
(Zwei Arbeiter im blauen Overall, aber mit schneeweißen Engelsflügeln, eröffnen den Umzug. Es folgt die Musikgesellschaft mit einem großen Spruchband mit der Aufschrift «Friede den Arbeitern!». Dahinter: Sankt Joseph und die Madonna auf dem Esel mit dem Jesuskind im Arm. Dahinter: die Kinder mit einer weißen Lilie in der Hand. Dann die Arbeiter mit Fahnen.)

Der Chef wischte sich, als er mit Lesen fertig war, den Schweiß von der Stirn.
«Genossen, wie findet ihr es?»
«Ganz außerordentlich!» schrien die Genossen und klatschten Beifall.
Gisto war zufrieden.
«So macht man intelligente Propaganda», erklärte er. «Man nimmt sämtliche Motive des Gegners auf und legt das Ereignis durch leichte, beinahe unmerkliche Änderungen anders aus. In unserem Fall haben wir, ohne einen Millimeter von der geschichtlichen Wahrheit abzurücken und ohne es an der nötigen Ehrerbietung fehlen zu lassen, die Geburt Christi demokratisiert!»
«Und wie! Weit mehr sogar!» rief der Vizechef bewundernd aus.
«So führt man die Priester an der Nase herum», schloß Gisto.

Am nächsten Tag machten sie sich sofort an die Arbeit. Sie verteilten die Rollen, fingen an, das Material zusammenzusuchen und Propaganda zu machen. Im Volkshaus fanden dreißig Proben statt. Und als der Heilige Abend kam, platzten ob all der Vorbereitungen die Leute beinahe vor Neugierde.

Zehn Minuten bevor der Priester mit der Messe begann, spielte die Musikgesellschaft die (nicht politische) geistliche Hymne, und die Lichter gingen aus. Ein Scheinwerfer leuchtete auf, und oben an der Straße erschien der Joseph gefolgt von der Maria auf dem Eselchen. Ein überaus wirkungsvolles Bild.
Als der Joseph vor dem ersten Haus stehenblieb, ertönte, was er sagte, über den Lautsprecher, und die Leute hielten den Atem an.
Auch beim zweiten Halt lief alles wie am Schnürchen. Beim dritten Halt, als die Madonna zur schmerzlichen Einsicht kam, bei den Wohlhabenden anklopfen sei umsonst, weil die Armen in den Häusern der Wohlhabenden noch nie etwas bekommen hätten, ging im Haus, vor dem der Heilige Joseph stehengeblieben war, ein Fenster auf, und die kräftige Stimme des alten Cibacca, des größten Grundbesitzers von Cabassa, ertönte:
«Du hast recht! Du hast recht! In den Herrenhäusern sitzen lauter gemeine Egoisten, aber nicht in allen! Im Hause Cibacca haben ehrbare Leute noch immer ein Glas Wein und ein gutes Wort erhalten. Mariola! Francesco! Holt fünfzig Flaschen vom Albana aus dem Keller!»
Albana hatte in der ganzen Gemeinde nur der alte Cibacca. Und fünfzig Flaschen Albana sind genug, um eine ganze Provinz aufhorchen zu lassen.
«Hört, hört! Es lebe Cibacca!» rief der Heilige Joseph und drängte samt Esel und Madonna in den Hausflur der Cibacca.
Der Chef wollte aufbegehren, aber sie brachten ihn mit einer Ladung Albana, sechs Gläser, die sie ihm eins nach dem andern einschütteten, zum Schweigen. Dann

wurden Kuchenstücke, so groß wie Riesenpranken, aufgefahren. Der Kapitalismus, der Klerikalismus, der Militarismus, das Proletariat, die Opfer der Plutokratie und der Intellektuelle mit den Büchern von Marx und Lenin vergaßen sich beim Albana. Der Sohn des Volkes nahm ein Stück Kuchen in Angriff und rührte sich nicht mehr. Dann erschien ein Akkordeonspieler, und die Madonna und der Kapitalismus eröffneten zusammen den Tanz.
Der Esel, den die alte Cibacca mit Fußtritten aus dem Haus gejagt hatte, trottete kopfschüttelnd nach Hause, während die Menschen in der mit Lichtern und Gesang erfüllten Kirche die andere Weihnachtskrippe bestaunten, die nicht demokratisierte, die mit dem üblichen silbernen Stern und den üblichen Engeln in weißen Nachthemden und nicht in blauen Overalls.
Das ist die Geschichte von Cabassa.

Ein Päckchen «Nazionali»

Gigi Prati war ein jähzorniger Bursche, es bedurfte eines Nichts, und er setzte seine Drohungen in die Tat um. Man konnte nicht einmal sagen, daß er ein schlechter Mensch war: Man mußte sich nur hüten, ihm auf die Hühneraugen zu treten, das war alles. Im Dorf wußten alle um die Schwäche des Rindviehs, alle mit Ausnahme des Pächters Gollini, der neu aus einer andern Gemeinde zugezogen war und noch nicht dazugekommen war, sich ins Bild zu setzen.
So wollte es das Unglück, daß der Gollini dem Gigi Prati auf die Hühneraugen trat.
Gigi Prati lebte von dem, was er einem Stück Land abringen konnte, das an das vom Gollini bewirtschaftete Gut grenzte. Eines Tages hörte er, als er längs des Grabens arbeitete, der die südliche Grenze seines Besitzes bildete, wie ihn jemand anrief. Es war der Gollini.
«He, Ihr dort!» rief der Gollini von der andern Seite des Grabens herüber. «Die Pappeln dort sind nicht statthaft. Ihr müßt sie umhauen.»
Gigi Prati trat an den Grabenrand.
«Was ist das Neues? Davon hat mir noch nie jemand etwas gesagt.»
«Ich sage es Euch. Sie müssen drei Meter Abstand von meinem Land haben. Jetzt sind es ungefähr eineinhalb Meter. Folglich müssen sie ausgerissen werden.»
Gigi Prati sah schon rot:

«Ich reiße nichts aus. Ich habe den ganzen Schatten, und der Geschädigte bin somit ich.»
«Das ist Eure Sache, das interessiert mich nicht. Mich interessiert, was mich angeht. Das Gesetz schreibt zwischen den Bäumen und der Grenze einen Abstand von drei Metern vor. Ich verzichte nicht auf das, was mir von Rechts wegen zusteht.»
«Schön», schrie Gigi Prati, «wenn meine Pappeln Euch ein Dorn im Auge sind, dann kommt und reißt sie selbst aus. Aber ich warne Euch, über diesen Graben gibt es nur Hinfahrtkarten, zurück kann keiner mehr.»
«Das werden wir sehen», gab der Gollini zurück.
Für dieses Mal hatte es sich damit, aber der Zusammenstoß war beinahe zu glimpflich abgegangen.
Der zweite lief weniger gut ab. Der Gollini und Gigi Prati blieben zwar auf ihren Hoheitsgebieten, belferten einander aber an und warfen sich eine Grobheit nach der andern an den Kopf.
Als sie das dritte Mal aneinander gerieten, lief dem Gollini die Galle über. Er brach einen dicken Akazienstock ab und sprang über den Graben. Gigi Prati hatte eine Hacke in der Hand, und der Gollini bekam eins über den Schädel und ging zu Boden.
Der Schrei, den der Gollini ausstieß, bevor er zusammensackte, rief Leute auf den Plan, und Gigi Prati ließ die Hacke fallen und rannte davon.
Zwei Stunden später war der Maresciallo bei ihm daheim und nahm ihn fest.
«Vor lauter das Maul aufreißen, hast du dich jetzt bös in die Nesseln gesetzt», sagte der Maresciallo zu ihm.
Gigi Prati erklärte, er habe sich zurückgehalten, und es sei Notwehr gewesen.

«Er hat mich provoziert und dann bedroht», erklärte er. «Der beste Beweis dafür ist, daß ich mich nicht von der Stelle gerührt habe, während er über den Graben gesprungen ist, um mir mit einem Stock den Schädel einzuschlagen.»
«Wenn dem tatsächlich so wäre, kämst du gnädig davon», brummte der Maresciallo. «Dummerweise geht aus der Anzeige, die der Gollini gemacht hat, hervor, daß du über den Graben gesprungen bist und den Gollini, der auf seiner Seite an der Grabenböschung stand, hinterrücks angegriffen hast.»
«Und wieso hat er auf meiner Seite am Boden gelegen?» schrie Gigi Prati.
«Er ist nicht dort zu Boden gegangen. Sechs Personen haben ausgesagt, der Gollini habe mit eingeschlagenem Schädel im Graben gelegen.»
Jetzt präzisierte Gigi:
«Ja, das ist richtig. Ich habe gesehen, wie er in den Graben gefallen ist. Aber er ist hineingefallen, nachdem er auf meine Seite herübergekommen ist. Das ist leicht zu überprüfen. Seine Schuhabdrücke müssen zu sehen sein.»
Der Maresciallo schüttelte den Kopf.
«Als wir gekommen sind, haben bereits fünfzig oder sechzig Personen die Grabenböschung zerstampft gehabt. Es läßt sich nichts mehr feststellen. Dazu kommt, daß der Gollini mir ausgerechnet vor zwei Tagen einen Brief geschrieben hat, in dem er mir mitteilt, er befürchte Schlimmes, du habest ihm wiederholt gedroht. Es tut mir leid, aber wenn du keinen Zeugen auftreiben kannst, der zu deinen Gunsten aussagt, bist du dran.»

Der Prati breitete die Arme aus.
«Zeugen zu meinen Gunsten gibts nur einen, den Allmächtigen.»
«Ich verstehe, er ist ein gewichtiger Zeuge, aber es ist schwierig, ihn vorzuladen.»

Celestino, das Söhnchen des Prati, war zur Zeit des Vorfalls bei den Großeltern in den Bergen. Er hätte einen Monat dort bleiben sollen, nun behielten sie ihn den ganzen Sommer bei sich. Sie schickten ihn erst nach Hause, als er wieder zur Schule mußte.
Celestino kam zurück, und als der Vater sich nicht zeigte, fragte er, wo dieser wäre.
«Er hat in der Stadt zu tun», erklärte die Mutter. «Vor einer Woche kommt er nicht zurück.»
Da der Vater aber auch nach einer Woche nichts von sich hören ließ und Celestino nicht locker ließ, nahm sich die Mutter den Jungen vor und redete ernst mit ihm. «Du bist kein Kind mehr, du bist in der Dritten und mußt dich wie ein Erwachsener benehmen. Dein Babbo ist krank, schwer krank. Hier haben sie ihn nicht behandeln können, weil dazu eine Bestrahlungsmaschine nötig ist, jetzt wird er im Krankenhaus in der Stadt gepflegt. Er braucht Ruhe, wir dürfen ihn nicht belästigen und müssen Gott bitten, ihn bald gesund zu machen.»
Die Eröffnung der Mutter machte Celestino sehr betroffen, und am liebsten hätte er losgeheult. Da er aber schon in der Dritten war und sich wie ein Erwachsener benehmen mußte, schluckte er die Tränen hinunter und sprach eine Woche lang nicht mehr vom Vater.
Als er es wagte zu fragen, wie es dem Vater ginge,

versicherte ihm die Mutter, es ginge aufwärts, ganz langsam zwar, aber immerhin wäre eine Besserung da. So wand sich die Mutter über einige Monate zwischen Besserungen und Rückfällen, und Celestino hätte noch wer weiß wie lange an die Krankheit des Vaters geglaubt, wenn das Dorf nicht wie alle Dörfer auf dem Land gewesen wäre, und es nicht in allen Dörfern auf dem Land Lästerweiber gäbe, die nicht ihrer Mutter, sondern einer Schlange an der Brust gelegen haben.
Es gibt diese unglückseligen Weiber in allen Dörfern der Welt. Sie haben statt eines Herzens einen Misthaufen in der Brust und verfügen über eine raffinierte Technik, ihren Nächsten weh zu tun.
Eines Abends, als Celestino von der Schule nach Hause ging, traf es sich, daß er ein StückWeg mit einem Grüppchen dieser Klatschbasen, das der Kirche zusteuerte, gemein hatte.
«Das arme Kind», sagte eines der Weiber mitleidig zu den andern und deutete auf Celestino.
«Wer ist es?» fragten die Alten.
«Der Sohn des Gigi Prati, dem, der jetzt im Zuchthaus sitzt. Wer würde das denken? So ein anständiges, ruhiges Kind, und der Sohn von so einem Lump!»
Celestino rannte nach Hause, aber er sagte der Mutter nichts: Er war ein Schüler der dritten Klasse, er war schon groß, und die Großen behalten, was sie hören, für sich und erzählen es nicht weiter.
Dennoch drängte es ihn, mit jemandem darüber zu sprechen, herauszufinden, wie die Dinge wirklich standen. Er quälte sich so durch einen Monat, kämpfte mit seinem Geheimnis, das ihm zuvorderst auf den Lippen war und schaffte es immer, es zurückzuhalten.

Doch dann kam der Samstag, an dem er zur Beichte ging, und als Don Camillo ihn fragte, ob er sicher sei, daß er außer den offenbarten Sünden nicht noch andere begangen habe, murmelte Celestino:
«Doch.»
«Und warum sagst du sie nicht?»
«Es ist eine große Sünde», sagte Celestino.
«Komm schon, wenn du den Mut gehabt hast, die Sünde zu begehen, mußt du auch den Mut haben, sie zu beichten.»
Celestino zögerte, dann sagte er:
«Mein Babbo ist nicht im Krankenhaus, er ist im Zuchthaus.»
Don Camillo fuhr vom Beichtstuhl auf.
«Wer hat es dir gesagt?» fragte er, als er sich wieder gefaßt hatte.
«Die Desolina vom Cantone. Sie hat es zu andern Frauen gesagt, aber ich habe es gehört.»
«Ich verstehe. Dazu ist es nicht wahr, daß dein Vater im Zuchthaus ist. Er ist ganz einfach im Gefängnis.»
Celestino fühlte sich etwas erleichtert.
«Überdies ist es keine Sünde», fuhr Don Camillo fort. «Du hast nichts damit zu tun. Mach dir keine Sorgen, und sag niemandem etwas davon. Vor allem nicht deiner Mutter.»
«Weiß die Mama nicht, daß der Babbo im Gefängnis ist?» fragte Celestino bange.
«Nein», erwiderte Don Camillo. «Sie glaubt, er sei im Krankenhaus.»
«Was hat er gemacht? Warum ist er im Gefängnis?»
«Er hat dem Pächter, der neben euch wohnt, mit einem Stock eins über den Schädel gegeben.»

«Gollini?»
«Ja.»
«Dann hat er recht gehabt», sagte Celestino.
«Im Gegenteil, es ist ein Unrecht gewesen!» rief Don Camillo aus. «Er hat etwas sehr Schlimmes getan. Du mußt zum lieben Gott beten und ihn bitten, er möge deinem Vater verzeihen und ihn für immer vor Zorn und Gewalttätigkeit bewahren.»
Celestino ging und kniete auf der Stufe zum Hauptaltar nieder, und nachdem er die ihm auferlegten Bußgebete verrichtet hatte, flüsterte er:
«Lieber Jesus, mein Babbo hat dem Gollini mit einem Stock eins über den Schädel gehauen: Wenn Du wüßtest, was für ein schlechter Mensch der Gollini ist, würdest du dem Babbo auf der Stelle vergeben.»

Wieder vergingen Wochen und Monate, und weil der Vater weiter auf sich warten ließ, kam Celestino auf eine Idee.
Auf eine Drittkläßler-Idee, eine Erwachsenen-Idee.
An einem Morgen schwang er sich dann um vier Uhr früh auf das Fahrrad und radelte zielstrebig der Stadt zu.
Er war schon einmal mit seinem Vater dort gewesen und wußte noch, daß sie die Fahrräder in einem Schuppen unmittelbar vor der Bahnschranke untergestellt hatten.
Er kam recht gut zurecht. Aber der schwierigste Teil kam, als er das Fahrrad untergebracht hatte. Jetzt mußte er eine geeignete Person ausfindig machen, sie ansprechen und sich den Weg zeigen lassen.
Nach langem stieß er auf einen Priester und redete ihn an:
«Entschuldigung, bitte, wo muß man durch, um zum Gefängnis zu kommen?»

Der Priester nahm ihn bei der Hand und begleitete ihn bis vor ein riesiges Portal.
«So», erklärte er, nachdem er geklingelt hatte, «sobald der Wärter kommt, fragst du ihn, was du zu fragen hast.»
Er entfernte sich, und als das Portal geöffnet wurde, sagte Celestino:
«Ich möchte zu meinem Babbo.»
Der Wärter schnaubte:
«Es ist weder Besuchstag noch Besuchszeit. Es geht nicht.»
«Es ist sein Namenstag», erklärte Celestino dem Wärter mit Tränen in den Augen. «Ich bin mit dem Fahrrad gekommen, ohne der Mama etwas zu sagen.»
Der Wärter brachte Celestino zum Direktor. Und nachdem der Direktor Celestinos Erklärung gehört hatte, rief er zum Wärter gewandt aus:
«Meiner Treu, es ist doch nicht so, daß bei uns die Hausordnung das Gewissen ersetzt!»
Als Gigi Prati ans Gitter trat und Celestino entdeckte, stockte ihm der Atem.
«Was machst du hier?» stammelte er schließlich.
«Ich bringe dir ein Geschenk. Heute ist dein Namenstag.»
Celestino streckte dem Vater ein Päcklein «Nazionali» hin.
Gigi Prati stand, nachdem er die Zigaretten zwischen den Eisenstäben hindurch an sich genommen hatte, unbeweglich da und starrte sie traumverloren an.
Es war ihm, seit er auf der Welt war, noch nie passiert, daß er höflich gewesen wäre: Jetzt brachte er es fertig, ohne sich dessen bewußt zu sein.

«Danke», sagte Gigi Prati.
«Bitte», antwortete Celestino.
Gigi Prati wußte nicht mehr was sagen, aber Celestino kam ihm zu Hilfe. «Babbo, die Mama weiß nichts», vertraute er ihm an. «Sie glaubt, du seist im Krankenhaus. Hab keine Angst, ich sage nichts.»
Das rüttelte Gigi Prati auf.
«Celestino!» rief er aus und klammerte sich verzweifelt an die Eisenstäbe. «Ich habe nichts getan, ich habe mich nur gewehrt. Er, der Gollini, ist über den Graben gesprungen, um mit einem Stock auf mich einzudreschen. Der Lump ist er!»
«Ich weiß», antwortete Celestino.
«Celestino», keuchte Gigi Prati. «Ich muß noch zwei Monate absitzen, aber ich schwöre dir, wenn ich rauskomme, bringe ich ihn um!»
Celestino sah ihn entgeistert an.
«Nein!» flehte er dann mit Tränen in den Augen.
Gigi Prati sah nur noch diese Augen, und als der Wärter ihn abführte, sah er weiterhin nur diese Augen und die Seelenangst in diesen Augen.
Dann war er wieder in seiner Zelle, das Päcklein «Nazionali» in der Hand, und nun hatte er Lust, eine zu rauchen.
Aber er steckte die Zigarette, die er schon aus dem Päckchen geklaubt hatte, wieder zurück und vergrub das Päckchen in der Tasche.
Ich werde sie rauchen, wenn ich frei bin, dachte er.

Zwei Monate sind lang, aber sie gehen vorüber.
Eines Morgens stand Gigi Prati auf der Straße, und das Portal schloß sich hinter ihm.

Nun zog er das Päckchen aus der Tasche, steckte eine Zigarette zwischen die Lippen und zündete sie an.
Er zog kräftig daran und stieß darauf eine große blaue Rauchwolke aus.
«Zum Teufel mit dem Gollini und allen Hundsföttern der Welt!» rief er aus.
Fröhlich nahm er den Weg unter die Füße und zündete, als er die erste Zigarette geraucht hatte, gleich eine zweite an.
Dem ersten, der es wagt zu behaupten, ‹Nazionali› seien scheußlich, dachte er, schlag ich den Schädel ein …
Er hielt inne und fuhr dann fort:
Letzten Endes steht es jedem frei, sie gut oder schlecht zu finden, das ist eine Geschmacksache.
Er schritt wacker aus, aber plötzlich blieb er stehen.
Und die Leute? fragte er sich beklommen. Was werden die Leute sagen, jetzt, wo ich im Gefängnis gewesen bin?
Er dachte an Celestino.
«Zur Hölle mit dem Gollini, den Leuten und der ganzen Welt!» rief er aus und ging leichten Herzens weiter.

Dem Commendatore dämmert etwas

Der Commendatore fuhr aus dem Schlaf auf, schaute auf den Wecker und notierte im Geist: Die Bombe ist um sechs Uhr zweiundfünfzig explodiert.
In diesem Augenblick gellte ein ohrenzerreißender Schrei aus dem Nebenzimmer. Die Bombe ist drüben explodiert, dachte der Commendatore entsetzt, sprang wieselflink aus dem Bett und stürzte zur Verbindungstür. Wer weiß, was ich vorfinden werde?
Im Nebenzimmer fand er die Signora vor. Sie saß mit aufgerissenen Augen im Bett, die Hände verzweifelt im wirren Haar verkrampft. Der Signora ging in diesem Zustand viel von ihrem üblichen Charme ab, aber sie sah durchaus nicht aus wie eine von Bombensplittern zerrissene Erdenbürgerin.
«In der Küche muß etwas explodiert sein», keuchte die Signora. «Der Gasofen, der Kühlschrank, die Waschmaschine.»
Der Commendatore brauchte des Rätsels Lösung nicht in der entfernten Küche zu suchen – er fand sie in der Bibliothek.
Der Sprengkörper, der die Katastrophe verursacht hatte, lehnte dort, vor Angst schlotternd, an der Wand.
«Bobi!» rief der Commendatore ebenso überrascht wie empört aus.
«Ich habe das große Fernglas wieder an seinen Platz auf dem obersten Tablar im Bücherschrank zurückstellen

wollen», stammelte der mit Bobi Angesprochene. Die Signora war dazugekommen.
«Sieh ihn dir an!» stöhnte sie, nachdem sie den kleinen Unglücksraben fassungslos gemustert hatte. «Sieh, wie er sich zugerichtet hat! Und wie er den Teppich zugerichtet hat! Was, in aller Welt, hast du gemacht?»
Der Sachverhalt war in der Tat nicht klar: Der, den sie Bobi nannten, hatte um sechs Uhr fünfzig an einem Sonntag im Februar das Bedürfnis gehabt, das Fernglas, das er aus irgendeinem Grund benutzt gehabt hatte, an seinen Platz zurückzustellen. Nachdem er zwei Stühle so zusammengerückt hatte, daß sie einen dritten trugen, hatte dieser Bobi über eine Pyramide verfügt, von der aus er, wenn er sie erklomm, so hoch hinauf hatte greifen können, wie er das gewünscht hatte.
Als er sie gerade erklommen hatte, war ihm der dritte Stuhl unter den Füßen weggerutscht, und der Gipfelstürmer hatte sich im Fall an eine auf einem Holzgestell unweit des Bücherschranks thronende Bronzebüste von beträchtlicher Größe geklammert. Die Büste hatte, bevor sie zu Boden gegangen war, ein mit kostbaren Nippes vollgestelltes Tischchen zerschmettert.
Soweit war alles klar. Äußerst eigenartig war dagegen die Tatsache, daß besagter Bobi, um sein Vorhaben auszuführen, einen Mantel über den Pyjama angezogen hatte. Und daß er es zustande gebracht hatte, sich derart schwarz zu machen, daß er auf allem, was mit seinen Füßen, seinen Händen oder seinen Kleidern in Berührung gekommen war, fürchterliche Spuren hinterlassen hatte.
«Wo bist du gewesen?» fragte der Commendatore in unerbittlichem Ton.

«Auf der Terrasse», erwiderte Bobi.
«Auf der Terrasse!» rief die Signora aus. «Was hast du dort gemacht?»
«Geschaut, wie der Morgen dämmert», erklärte Bobi. «Deshalb habe ich das Fernglas gebraucht.»
Der Commendatore, der sich darauf keinen Vers zu machen wußte, flüchtete in seiner Not in allgemeine Überlegungen.
«Diese verfluchten Bildheftchen! Sie überreizen die Phantasie der Kinder, und verführen sie dazu, Dummheiten zu machen.» Eine Tür fiel ins Schloß, jemand näherte sich trällernd, und die Signora erkannte die Stimme des jüngeren Hausmädchens. So, vom brutalen Aufwachen gezeichnet, das Haar ungekämmt und das Gesicht noch nicht «zurechtgemacht», sah man der Signora die vierzig an, und da sie erst zweiundvierzig Jahre zählte, war es ihr unangenehm, in diesem Zustand von einem zwanzigjährigen Ding gesehen zu werden.
«Geh, zieh dich aus und nimm ein Bad», befahl sie Bobi. «Wir reden beim Frühstück weiter.»
«Wir reden beim Frühstück weiter», echote der Commendatore, der seine dreiundvierzig Jahre auch im Pyjama mit Würde trug, dem es aber unangenehm war, von den Bediensteten im Nachtgewand gesehen zu werden.

Einige Stunden später erschien Bobi sorgfältig geschrubbt, um seine Ration Milchkaffee, Toast, Butter und Konfitüre zu genehmigen.
Der Empfang war äußerst kühl, und er wurde ignoriert, bis das Hausmädchen die Frühstücksreste abgetragen hatte. Der Commendatore und die Signora enthielten

sich in Gegenwart der Bediensteten jeglicher Auseinandersetzung.
«Was du heute früh gemacht hast», erklärte der Commendatore Bobi, als die Luft rein war, «ist unverzeihlich und muß streng bestraft werden.»
«Ich habe es nicht absichtlich gemacht», verteidigte sich Bobi. «Als ich das Fernglas genommen habe, sind die Stühle nicht umgefallen. Es ist ein unglücklicher Zufall gewesen.»
«Der unglückliche Zufall ist verzeihlich», erklärte der Commendatore streng. «Unverzeihlich ist die schwachsinnige Idee, sich mitten in der Nacht aus der Wohnung zu stehlen und auf die Terrasse im sechzehnten Stock hinaufzusteigen!»
«Es ist nicht Nacht gewesen», erwiderte Bobi. «Ich bin um sechs hinaufgegangen.»
«Dann bist du beinahe eine ganze Stunde oben gewesen!» rief der Commendatore aus. «Und wozu das?»
«Um dir womöglich eine Lungenentzündung zu holen wie ein Kaminfeger und um deiner Mutter einen Schreck einzujagen, der sie beinahe ins Grab gebracht hätte, und um eine Menge schöner Kostbarkeiten kaputtzumachen und dir dabei beinahe das Genick zu brechen!» zeterte die Signora.
«Ich habe die Morgendämmerung sehen wollen», stammelte Bobi.
«Die Morgendämmerung!» brüllte der Commendatore. «Müssen wir uns noch mehr solchen Unsinn anhören? Was willst du mit der Morgendämmerung?»
«Ich brauche sie für meinen Aufsatz», erklärte Bobi. «Wir müssen diesmal im Monatsaufsatz die Morgendämmerung beschreiben.»

Der Commendatore lachte lauthals.
«Nicht zu fassen! Und du mußt, um die Morgendämmerung beschreiben zu können, um sechs Uhr früh auf die Terrasse hinaufsteigen?!»
«Von den Fenstern aus sieht man die Morgendämmerung nicht», murmelte Bobi zerknirscht. «Ich bin unzählige Male am frühen Morgen aufgestanden und habe zu allen Fenster hinausgeschaut, aber man sieht nichts als Häuser. So bin ich eben auf die Terrasse hinaufgegangen. Aber im Osten ist der Wolkenkratzer. Und zudem deckt der Nebel alles, was weiter weg ist, zu.»
Der Commendatore traute seinen Ohren nicht.
«Giulietta», sagte er zur Signora, «unser Sohn ist ein Kretin.»
Bobi, der sich bis zu diesem Augenblick tapfer gewehrt hatte, gab auf, und begann zu weinen. Da bekam der Commendatore seine Gefühle wieder in Griff.
«Bobi, es nützt nichts, ein Drama daraus zu machen. Es gilt, klar zu überlegen. Du bist zwölfjährig und somit dazu fähig. Mußt du, wenn euch der Professore das Aufsatzthema ‹Ein schöner Spaziergang› gibt, einen schönen Spaziergang machen, um von einem schönen Spaziergang berichten zu können?»
«Spaziergänge habe ich schon viele gemacht», wimmerte Bobi. «Aber die Morgendämmerung habe ich noch nie gesehen.»
«Was spielt das für eine Rolle?» fragte der Commendatore mit einem sarkastischen Grinsen. «Die Morgendämmerung ist etwas Offensichtliches.»
Bobi sah ihn groß an. Er verstand anscheinend nicht, was der Commendatore mit «etwas Offensichtliches»

meinte. Dieser versuchte, es ihm anhand eines Beispiels zu erklären.
«Hast du schon einmal einen Menschen von einer Höhe von dreitausend Metern in die Tiefe fallen sehen?»
«Nein.»
«Dann kannst du dir folglich nicht vorstellen, was mit einem Mann geschieht, der ohne Fallschirm aus einem Flugzeug stürzt, das auf dreitausend Meter Höhe fliegt.»
«Er stirbt», erwiderte der Junge.
«Die Tatsache, daß ein Mensch, der aus dreitausend Metern auf die Erde herunterfällt, stirbt, ist also etwas Offensichtliches. Etwas, das alle wissen, auch wenn sie es nie gesehen haben.»
Bobi war nicht überzeugt, und der Commendatore merkte es ihm an.
«Es ist nicht zu glauben!» rief er höchst irritiert aus. «Bei all den interessanten und nützlichen Dingen, die den Kindern nahezubringen wären, gibt es Lehrer, die immer noch die berüchtigten ‹freien Themen› geben, die zur Zeit meines Großvaters üblich waren! Was hat es für einen Sinn, die Kinder zu zwingen, manieriert zu schreiben und die Seiten mit blutleeren Gemeinplätzen zu füllen? ‹Die Sterne verblassen, der Himmel färbt sich hell und rosa, die Sonne geht auf. Die Tautröpfchen glänzen, und die Bauern ziehen aufs Feld› und so weiter und so fort. Das ist es, was sie wollen.»
«Der Professore will nicht das», wehrte sich Bobi. «Er gibt das Thema immer einen Monat im voraus, damit wir Zeit zum Beobachten haben.»
«Einen Monat, um die Morgendämmerung zu beobachten!» spottete der Commendatore. «Welch ein Glück,

daß sich der Unterricht auf einer derart praxisbezogenen Ebene abspielt!»
Die Signora, die sich tödlich langweilte, mischte sich ein:
«Wäre es nicht gescheiter, du würdest dem Jungen helfen, statt über die Unterrichtsmethode zu diskutieren?»
«Ausgerechnet! Bei all dem, was ich schon am Hals habe. Na, schön: Wann mußt du ihn abgeben?»

Der nächste Donnerstag war schulfrei, und Bobi nützte den Tag, um das Morgendämmerungsproblem zu erledigen.
Die Familie entdeckte das um dreiviertel nach sieben, als der Commendatore sich anschickte, die Wohnung zu verlassen.
Bobi war nicht in seinem Zimmer, wie sie angenommen hatten. Das Bett war leer, und auf dem Schreibtisch lag eine lakonische Mitteilung:
«Liebe Mama. Ich fahre mit dem Rad der Morgendämmerung entgegen. Ich komme sofort wieder zurück.»
Die Vorstellung des in der Dunkelheit aufs Geratewohl davonradelnden Bobis erfüllte die Signora mit Entsetzen.
Und auch der Commendatore machte sich Sorgen.
Es war ein grauer, trostloser Tag, der leichte Nebel, der die Luft erfüllte, versprach nichts Gutes.
Die Signora brauchte nicht lange für ihre Toilette, und als sie, bereits zum Ausgehen fertig, erschien, erklärte sie äußerst entschieden:
«Gehn wir.»
Der Commendatore verzichtete auf den Chauffeur und stieg zusammen mit seiner Frau ins Auto und fuhr los.

Nach etwa hundert Metern fragte er sich unwillkürlich: In welche Richtung fahren wir?
Mailand ist kein Dorf, und ein Junge auf einem Fahrrad fällt kaum jemandem auf.
Es war daher nötig, zu fragen:
«In welche Richtung mag Bobi gefahren sein?»
«Er hat es auf den Zettel geschrieben. ‹Ich fahre mit dem Rad der Morgendämmerung entgegen.› Er ist nach Osten gefahren.»
Das lag auf der Hand, aber der Commendatore mußte nun auch gleich eine dritte Frage in Worte fassen:
«Wo ist Osten?»
Der Commendatore hatte sich in seinem Leben mit tausenderlei Dingen beschäftigt und sich um tausenderlei Dinge gekümmert, aber mit den Himmelsrichtungen hatte er sich nie befaßt. In einer Stadt wie Mailand haben die Himmelsrichtungen eine nur sehr geringe Bedeutung. Die Leute haben nicht Zeit, sich um die Bahn der Sonne zu kümmern.
Die Sonne interessiert nur die Alten, die die Tage im Haus zubringen: Für sie ist ein Sonnenstrahl etwas.
Wie dem auch sei, der Commendatore, der keine Karte dabei hatte, konnte sich nicht mit dem Gedanken anfreunden, einen Passanten anzuhalten und ihn zu fragen, wo die Sonne aufgehe.
Ein Verkehrspolizist erinnerte ihn an das Drittklaß-Schulbuch mit der berühmten Darstellung des Jungen, der mit ausgebreiteten Armen zeigt, wie man sich die Himmelsrichtungen merken kann.
«Wenn ich direkt nach Norden stehe, ist Süden direkt hinter mir, Westen zu meiner Linken und Osten zu meiner Rechten.»

Soweit gut, aber er brauchte einen Orientierungspunkt.
«Piazza del Duomo, das Nordportal», schlug die Signora vor.
Sie fuhren zum Domplatz, orientierten sich und nahmen die Straße, die nach Osten ging.
Kaum waren sie aus der Stadt, begann es fein zu nieseln, was sie noch nervöser machte. Sie kamen bis nach Brescia. Von dort telefonierten sie nach Hause und erfuhren, daß Bobi eben zurückgekommen sei.

Der Commendatore schimpfte nicht mit Bobi: Bobi hatte, vom Regen überrascht, seinen Marsch nach Osten abbrechen müssen und war, als er tropfnaß zur Basis zurückgekehrt war, ins Bett gesteckt worden.
Der Commendatore schimpfte auf den Professore.
«Ich gehe zu diesem Grasaff und sage ihm die Meinung!» schrie er.
Die Signora machte einen schwachen Versuch, ihn zu beruhigen, aber der Commendatore wies alle Einwände von sich:
«Was sein muß, muß sein! Es geht nicht an, daß er, weil er verrückt ist, meinen Sohn in den Wahnsinn treibt. Wo ist Bobis Schule?»
Die Signora hatte eine vage Ahnung, wußte dagegen beim besten Willen nicht, wie der Italienischlehrer hieß, aber immerhin, daß Bobi in der Abteilung C war und die zweite Klasse besuchte.
«Das genügt», erklärte der Commendatore, der mit der Macht von Trinkgeldern vertraut war.
Die Schule war geschlossen, doch war es für den Commendatore ein leichtes, zu erfahren, was er zu wissen begehrte: Vorname, Nachname und Adresse mit

genauer Angabe des Stockwerks und der Türfarbe. Zwanzig Minuten später klingelte er beim Professore.
Der Commendatore hatte sich auf dem Weg eine Standrede zurechtgelegt und brannte darauf, diese an den Mann zu bringen. Aber als der Commendatore, nachdem eine alte, spindeldürre Frau ihn hereingelassen hatte, vor dem Professore stand, war seine Rede mit einem Schlag vergessen, und er brachte es knapp fertig, seinen Namen zu murmeln.
«Mein Sohn», erklärte er mühsam, «ist im Bett ... Er hat sich erkältet und wird der Schule einige Tage fernbleiben müssen.»
Bobis Lehrer war ein großgewachsener Greis: dürr und ausgetrocknet wie ein Stockfisch, mit kantigen Zügen und recht wenig Herzlichkeit im Gesicht.
«Das ist bedauerlich», sagte er. «Hoffentlich nichts Ernstes.»
«Das hoffe ich auch», sagte der Commendatore. «Es ist nur so, daß sich Bobi des Monatsaufsatzes wegen, den er am nächsten Montag abgeben sollte, große Sorgen macht. Wenn er einen Aufschub erhalten könnte, würde ihn das beruhigen, was seinerseits die Genesung beschleunigen würde.»
Der Greis überlegte kurz, dann brummte er mürrisch:
«Ich gewähre ihm einen Aufschub von einer Woche.»
Der Commendatore merkte, daß er die Audienz für beendet anzusehen hatte.

Auf der Rückfahrt drehte der Commendatore unablässig den Zettel in den Fingern, auf dem der Pedell ihm Name und Adresse des Professore aufgeschrieben hatte. Doch, er hatte den Namen gelesen, bevor er beim

Professore angeklopft hatte, aber seine Erregtheit hatte ihn offensichtlich davon abgehalten, ihm die nötige Beachtung zu schenken. So hatte er dann völlig unvorbereitet vor der vollendeten Tatsache gestanden.
Dreißig Jahre, überlegte er. Und auch nach dreißig Jahren noch dieselbe eiserne Miene und dasselbe ungehobelte Benehmen.
Zerknirscht mußte er sich eingestehen, daß er mit dreiundvierzig Jahren und als machtgewohnter Commendatore genauso eingeschüchtert vor dem alten Hungerleider gestanden hatte wie damals, als er zwölf gewesen war. So alt wie Bobi jetzt.
Der Commendatore war ein gewissenhafter Mensch, und da er sein Schiff durch die heimtückischen Wasser der Geschäftswelt zu steuern verstand, wußte er, daß man nie etwas Geschriebenes wegwerfen durfte, und wenn es die Rechnung der Waschfrau war.
Jeder beschriebene Fetzen Papier ist ein Dokument, das zu seiner Zeit nützlich sein kann: Das private Archiv des Commendatore war daher umfangreich und bestens geordnet. Wieder zu Hause, zog er sich sofort in sein Studierzimmer zurück und konsultierte das Hauptverzeichnis. Das Sachgebiet, das ihn interessierte, war unter vier Referenzen zu finden: unter dem Buchstaben «J» (Jugend), unter dem Buchstaben «A» (Ausbildung), unter dem Buchstaben «L» (Lehrer) und unter dem Buchstaben «G» (Gymnasium).
Zwei ganze Schubladen des metallenen Aktenschrankes waren mit den fraglichen Dokumenten gefüllt. Sie enthielten das Schulmaterial des Commendatore: Hefte, Bücher, Zeugnisse, Atteste, Gruppenfotos und Andenken an Schulreisen.

Im Abteil der zweiten Gymnasialklasse fand der Commendatore das berüchtigte große Heft, auf dessen schwarzem Umschlag «Monatliche Hausaufsätze» stand. Das Thema des vierten Aufsatzes war «Die Morgendämmerung. Du hast an einem Morgen den Sonnenaufgang miterlebt: Beschreibe, was du gesehen hast und was für Gedanken dir dabei spontan gekommen sind.»
Der Commendatore las den Aufsatz nicht – er war ihm noch gegenwärtig. Er blätterte, bis er zu der mit roter Tinte geschriebenen Bemerkung kam.
«Drei. Hätte eine Null verdient, denn indem der Schüler sich darauf beschränkt hat, die blutleersten und abgedroschensten Gemeinplätze zu einem ungenießbaren Brei zu verwursten, hat er bewiesen, daß es ihm an Geschmack, Vernunft, Würde und Ehrlichkeit gebricht. Er hat sich verhalten wie der Früchtehändler, der die faulen Äpfel aus dem Müll liest und sie als Tafelobst zu verkaufen sucht. Er hätte weniger als eine Null verdient, aber wir geben eine Drei, um ihm die Möglichkeit, es besser zu machen und sich zu rehabilitieren, nicht zu verbauen.»
Der Commendatore lief rot an. Es war ihm nicht gelungen, es besser zu machen und sich zu rehabilitieren. Im Juli war er durch die Prüfung gefallen, und im Oktober hatte er die Versetzung mit Tricks und schimpflichen Behelfen ermogelt.
Die Geschichte war so schmutzig gewesen, daß er nicht den Mut gehabt hatte, dem Professore aus der Zweiten wieder entgegenzutreten und sich in eine andere Abteilung, ins B, hatte versetzen lassen.
Der Commendatore las den rot geschriebenen Kommentar noch einmal und lachte.
Der alte Trottel, dachte er. Im Geschäftsleben ist ein

Früchtehändler, der es versteht, faule Äpfel als Tafelobst zu verkaufen, ein Genie. Mit deinen Predigten stehst du nach dreißig Jahren kurz davor, mit einer lausigen Pension aufs Abstellgleis geschoben zu werden, während ich über ein Vermögen von zwei Milliarden verfüge, lauter ehrlich verdientes Geld.

Der Commendatore legte Wert auf Genauigkeit, daher hatte er das Bedürfnis, das Problem durchzudenken.

Ehrlichkeit im absoluten Sinn gibt es nur theoretisch, und sie funktioniert nur in den Büchern. Es gibt für jeden Bereich eine spezifische Ehrlichkeit: eine geschäftliche Ehrlichkeit, eine wirtschaftliche Ehrlichkeit, eine politische Ehrlichkeit, eine wissenschaftliche Ehrlichkeit und so weiter. Wenn ein normaler Bürger auf eine bestimmte Weise handelt, ist es unehrlich, wenn der Staat genau gleich handelt, ist es ehrlich. Wenn einem Schüler die Morgendämmerung Wurst ist und er sie nach dem Hörensagen beschreibt, ist das für den Lehrer unehrlich, aber für den Schüler, der sich zum Handel hingezogen fühlt, ist es ehrlich, weder Zeit noch Kraft an Dinge zu verschwenden, die ihn nicht interessieren und nie interessieren werden.

Er dachte an Bobi, der auf die Terrasse hinaufgestiegen war und sich später hatte verregnen lassen, um die Morgendämmerung zu sehen und so zu beschreiben, wie es das Thema verlangte, und er fand eine befriedigende Rechtfertigung.

Bobi ist mein Sohn, er kann kein Kretin sein. Er fühlt sich offensichtlich nicht zum Handel hingezogen, sondern zu anderen Dingen: zur Literatur, zur Malerei. Er hat so gehandelt, weil dies auf der Linie seiner künftigen Tätigkeit liegt.

Nachträglich stieg ein schlimmer Verdacht in ihm auf: Und wenn Bobi sich zu keiner spezifischen Tätigkeit hingezogen fühlte und lediglich aus genereller Ehrlichkeit heraus gehandelt hatte?
Er verzichtete darauf, aus einer Hypothese Schlüsse zu ziehen. Er nahm sich nur vor, Bobi zu überwachen. Er hatte sich bis jetzt zu oberflächlich mit Bobi befaßt.
Ein Schauer lief dem Commendatore jedoch über den Rücken: Er vergaß den Bobi, der die Morgendämmerung einfältig gesucht hatte, und widmete sich nachdenklich dem Bobi, der sie starrsinnig suchte.
Hartnäckig sogar.
Im Grunde, kam der Commendatore mit sich überein, könnte man aus einer gewissen Sicht heraus auch sagen, daß Bobi sie heldenhaft suchte.
Es war jedoch besser, es nicht zu sagen.
Er legte das Heft mit dem schwarzen Umschlag weg und schob die Schublade des Aktenschranks zu.
Die Akte war geschlossen.

Bobi blieb nur ein paar Tage im Bett. Am Samstag hätte er wieder zur Schule gehen können, aber der Commendatore erlaubte es nicht. Da sich Bobi schon angekleidet gehabt hatte, verließ der Commendatore das Haus sogar mit einer Viertelstunde Verspätung, da er sich persönlich davon überzeugen wollte, daß Bobi sich wieder auszog und ins Bett legte.
«Du stehst um elf auf», ordnete er an. «Du hast schon genug Unheil angerichtet. Stell nicht wieder etwas an. Du bist in ein Fahrwasser geraten, das mir nicht gefällt. Heute und morgen rührst du kein Buch an.»
«Aber der Monatsaufsatz ...», erkühnte Bobi sich.

«Der Professore hat dir einen Aufschub von einer Woche gewährt. Das reicht, um in aller Ruhe nicht einen, sondern fünf Aufsätze zu schreiben.»
Der Commendatore war an jenem Morgen ausnehmend reizbar und beschimpfte eine Menge Leute.
Es gab in Wahrheit keinen bestimmten Grund, der seine Nervosität gerechtfertigt hätte: War er wetterfühlig?
Der Commendatore hatte sich nie um die Jahreszeiten gekümmert. Sein Geschäftszweig war nicht saisonbedingten Schwankungen und derlei Einflüssen ausgesetzt.
Doch an jenem Samstagmorgen regte ihn der Mailänder Nebel auf.
Der Geschäftsführer überraschte ihn dabei, als er gehässig ausrief:
«Scheint in dieser verfluchten Stadt die Sonne denn überhaupt nie?»
Der Vorfall wurde als höchst eigenartig eingestuft.
Der Commendatore hatte keine Lust, nach Hause zu gehen, und aß im Restaurant.
Danach kehrte er noch übellauniger als zuvor ins Büro zurück, und bis um vier Uhr nachmittags ereignete sich nichts, das die Lage gebessert hätte.
Das Wunder geschah wenige Minuten nach vier: Der Nebel löste sich schlagartig auf und gab einen Fremdenverkehrsplakathimmel frei.
Ein Sonnenstrahl brachte die Glasplatte auf dem Schreibtisch des Commendatore zum Funkeln.
Und der Commendatore, dem ein Licht aufgegangen schien, hatte eine Idee.
Er führte ein langes Ferngespräch, und als er den Hörer auflegte, sah man ihm an, daß er mit sich zufrieden war.
Er rief seinen Generalstab zusammen.

«Alles, was heute noch zu erledigen ist, muß mir sofort vorgelegt werden. Ich gehe um fünf.»

Der Commendatore war um Viertel nach fünf zu Hause, dort war die Revolution im Gang.
Frauen kamen und gingen, Frauen telefonierten. Frauen, die der Commendatore noch nie gesehen hatte, und alle waren entsetzlich geschäftig.
Die Hauptkolonne war auf den Salon konzentriert. Die Signora probierte dort, inmitten eines kleinen Frauenheers, ein märchenhaftes Abendkleid an. Sie fieberte vor Aufregung: Von Zeit zu Zeit wehklagte sie lautstark, sie hätte gewußt, daß es so enden würde und daß der Träger auch jetzt nicht sitzen würde und die Falte auf der Seite nicht verschwinden würde und derlei Dinge.
Dann unterbrach sie sich, um zu fragen, ob der Schuhmacher, bei allen Heiligen, die verflixten Schuhe hätte bringen lassen oder nicht, und ob der Goldschmied, und ob die Maniküre, und ob die Friseuse, und ob das Pelzgeschäft ...
Der Commendatore war nicht auf einen derartigen Jahrmarkt gefaßt gewesen und fragte, worum es ginge.
«Es geht darum, daß es zwanzig nach fünf ist und wir noch auf hoher See sind. So daß es für alle ein Rätsel ist, wie wir heute abend am Fest der Rodacci sein können ... Ich hoffe sehr, du bringst mich nicht auch noch zum Wahnsinn, indem du dich in letzter Minute ankleidest ... Und das Auto, ist es aus der Werkstatt zurück?»
«Welches Auto?»
«Der Cadillac. Weißt du nicht mehr, daß wir ihn in die

Karosseriewerkstätte gegeben haben, um den Kotflügel neu spritzen zu lassen?»

Der Commendatore wußte es nicht mehr. Überdies haßte er den riesigen vierräderigen Salon und vermied es tunlichst, ihn zu benutzen. Dagegen erinnerte er sich, daß er an diesem Samstagabend seine Gattin auf das Fest der Rodacci begleiten sollte. Er dachte mit großem Widerwillen an den Ball, der nicht vor drei Uhr früh zu Ende sein würde.

Er wagte einen schwachen Vorstoß:

«Ich habe heute abend zu tun, wenn ich darum herumkäme ...»

Die Signora stieß einen herzzerreißenden Schrei aus, der dem Commendatore das Blut in den Adern erstarren ließ.

«Ich will hoffen, ich habe dich falsch verstanden», rief die Signora entsetzt aus. «Ich will hoffen, ich habe nicht verstehen sollen, daß du gedenkst, mich allein zu dem Fest zu schicken.»

«Das habe ich nicht gesagt», brummte der Commendatore.

Er fügte nicht hinzu, daß er die Absicht gehabt hatte, die Signora zu überreden, nicht zu dem Fest zu gehen.

Er zog sich diskret in sein Studierzimmer zurück und überdachte dort die beängstigende Lage. Aber er fand den Mut zu einer Auseinandersetzung mit der Signora nicht.

Um sieben rief er das alte Hausmädchen zu sich, eine Vertrauensperson, die seit dreißig Jahren in seiner Familie diente.

«Was machen sie jetzt drüben?»

«Die Friseuse ist gekommen.»

«Dauert das lange?»
«Mindestens eineinhalb Stunden.»
Der Commendatore gab genaue Weisungen heraus, die die Frau diskussionslos entgegennahm.
«In einer halben Stunde muß alles bereit sein», schloß der Commendatore.
Eine halbe Stunde später verließ der Commendatore ungesehen die Wohnung. Alles verlief nach Plan: Das Taxi fuhr ihn zu einem abgelegenen Platz am äußersten Stadtrand. Dort wartete der Chauffeur mit dem kleinen Kabriolett auf ihn. Der Commendatore stieg aus dem Taxi, und während der Chauffeur an seiner Stelle im Taxi Platz nahm, setzte er sich ans Steuer des Kabrioletts.
«Alles in Ordnung?» fragte der Commendatore und drehte den Zündungsschlüssel.
«Ja, Papa», antwortete Bobi, der neben dem Commendatore saß.

Sie benötigten zwei gute Stunden, um ihr Ziel zu erreichen: Es war dunkel geworden, und man weiß wie Bergstraßen sind.
Alles war bestens, jedes Ding war genau so, wie der Hotelbesitzer es am Telefon gesagt hatte: ein wolkenloser Sternenhimmel, zwei ineinandergehende prächtige Zimmer mit großen Fenstern, von denen aus die Augen über die Berge und das Seebecken spazieren konnten.
Bobi und der Commendatore aßen mit viel Appetit und waren um neun schon im Bett.
«Wecken morgen früh um fünf», hatte der Commendatore dem Portier eingeschärft.
Doch das Wecken war überflüssig: Bobi stand um fünf

vollständig angekleidet an seinem großen Fenster und drückte die Nase an der Scheibe platt.
Er wartete zuversichtlich.
Der Commendatore fand ihn so, und Bobi rief, kaum hatte er den Vater bemerkt, aufgeregter denn je:
«Es ist soweit, Babbo: Der Himmel wird allmählich tintenblau. Das Meer ist schön, aber ein bißchen beängstigend.»
«Das ist nicht das Meer», erklärte der Commendatore dem Jungen. «Es sieht aus, wie das sturmgepeitschte Meer, dessen Wellen schäumend gegen die Klippen branden; aber es ist nicht Wasser, es sind tiefliegende Wolken, die das ganze Seebecken zudecken. Und die Klippen sind die Spitzen der Berge, zwischen denen der See eingezwängt ist.»
In der Tat, je heller der Himmel hinter den blauen, mit Schnee überstäubten Bergen wurde, desto eindrücklicher wurde das Schauspiel.
Bobi schaute verzückt zu. Der Commendatore dagegen verlor trotz seiner Erregtheit die Übersicht nicht, und während er Bobi auf die eine oder andere Einzelheit aufmerksam machte, vergaß er nicht, die Eindrücke fleißig zu notieren. Im Bergkranz um den See war gegen Süden hin eine große Bresche, und man sah den Nebelozean, der die lombardische Ebene zudeckte.
«Dort liegt die versunkene Stadt», erklärte der Commendatore. «Und auf dem Meeresgrund ruht zwischen den Trümmern des kolossalen Schiffbruchs das neue Abendkleid deiner Mutter.»
Bobi sah den Commendatore verwirrt an.
«Mach dir keine Sorgen», beruhigte dieser ihn. «Das Abendkleid deiner Mutter hat nichts mit dem Thema zu

tun. Es gehört nicht hierher. Wie dem auch sei, ich bringe dich jedenfalls heute abend bis vor die Haustür: Du wirst hinaufgehen, und ich werde im Hotel schlafen. Ich werde mich am Dienstag oder Mittwoch melden. Ich werde dir meine Nummer geben, und du wirst mich ab und zu anrufen und den Lagebericht durchgeben.

Als das Schauspiel zu Ende war, machten sich der Commendatore und Bobi sofort an die Arbeit. Der Commendatore las seine Notizen vor, und Bobi schrieb fleißig in sein Heftchen: Die Morgendämmerung war eingefangen.

Am späten Nachmittag wurde Bobi zu Hause vor der Tür abgesetzt. Danach nahm der Commendatore den Weg ins Exil.

Am selben Abend um zehn erhielt der Commendatore Bobis ersten telefonischen Bericht.

«Es ist besser, du verläßt das Hotel überhaupt nicht.»

«Das Kleid?»

«Sie hat es in kleine Fetzen zerrissen ... mit den Zähnen.»

«Ist sie wütend auf dich?»

«Sie hat gesagt, sie wolle mich nicht mehr sehen, ich sei nicht mehr ihr Sohn.»

Die Anrufe vom Montag, Dienstag und Mittwoch hielten sich inhaltlich im gleichen Rahmen.

Der Anruf vom Donnerstag klang weniger niederschmetternd.

«Sie sagt, sie werde sich bemühen, dich zu vergessen. Die Signora Milly hat ihr geraten, sich in Mexiko scheiden zu lassen. Sie hat ihr geantwortet, sie hätte es sich auch schon überlegt.»

Am Freitag war es Bobi nicht mehr wohl in seiner Haut. «Der Ingenieur Listelli ist gekommen, er hat nach dir gefragt, und die Mama hat gesagt: Wen suchen Sie? Zu wem möchten Sie? Und der Ingenieur hat gesagt: Zum Commendatore. – Nie gesehen, kenne ich nicht. – Sie haben Ihren Mann noch nie gesehen und kennen ihn nicht? – Darauf hat die Mama gesagt: Ich habe keinen Mann. Sie verwechseln mich mit einer andern Dame.»
«Na schön», brummte der Commendatore. «Wenn sie mich nicht mehr kennt, kann ich morgen als ein Fremder in die Wohnung kommen.»
Der Commendatore kehrte am nächsten Abend zur Essenszeit zu den Seinen zurück und wollte sich die Tatsache zunutze machen, daß die Signora in Gegenwart der Bediensteten keine Auseinandersetzungen duldete. Aber als die Signora ihn gewahrte, machte sie eine Ausnahme.
«Ist das der neue Chauffeur?» fragte sie das junge und etwas dümmliche Hausmädchen.
«Nein, Signora, das ist der Signore», antwortete das Mädchen.
«Schade», meinte die Signora sarkastisch.
Der Commendatore verbrachte den Sonntag im Geschäft – er hatte eine Menge zu erledigen. Als er am späten Abend nach Hause zurückkehrte, ließ er sich sofort ins Bett fallen. Den Montag widmete er ganz seinen Geschäften, nicht zuletzt, um die Nachdrücklichkeit zu vergessen, mit der die Signora ihn ignorierte und die ihm das Leben zur Qual machte. Am Dienstag kehrte er mit dem festen Entschluß nach Hause: «Ich mache als Erster den Mund auf. Geschehe, was Gott will.»

In der Wohnung lauerte Bobi ihm auf. Kaum hatte er ihn entdeckt, streckte er ihm ein Heft mit einem schwarzen Umschlag hin.
«Der Professore», keuchte er, «hat den Morgendämmerungsaufsatz korrigiert.»
Der Commendatore öffnete andächtig das Heft und suchte die verdammte mit roter Tinte geschriebene Benotung. Er fand sie.
«Neun. Hätte eine Zehn verdient für die Sorgfalt und die Genauigkeit der Beobachtungen, die Natürlichkeit und die Offenheit der Überlegungen sowie für die Ehrlichkeit, mit der die eigenen Beobachtungen und Überlegungen und die Beobachtungen und Überlegungen des Vaters voneinander getrennt werden. Auch das immer wieder Bezugnehmen auf die Worte des Vaters beweist das Feingefühl des Jungen. Die Erzählung rührt selbst einen alten Lehrer und bringt ihn, wenn der Schriftsteller zum Beispiel mit verblüffender Natürlichkeit die Bemerkung des Vaters über das neue Kleid der Mutter wiedergibt, das zwischen den unberührten Trümmern der versunkenen Stadt auf dem Meeresgrund ruht, sogar zum Lächeln. Wir geben eine Neun, da es unmöglich ist, für einen Italienischaufsatz eine Zehn zu verdienen.»
Der Commendatore las die Bewertung noch einmal: Irgend etwas rührte ihn eigenartig an, aber er fand nicht heraus was. Dann plötzlich wurde es ihm klar: Der Professore sprach von Bobi als «dem Schriftsteller». Zweifellos ein Versehen, aber kein bedeutungsloses.
«Wir geben eine Neun ...»
Drei plus neun gleich zwölf. Zwölf geteilt durch zwei gleich sechs. Ich habe mich gebessert, dachte der Commendatore.

Wir haben uns gebessert, verbesserte er sich innerlich. Und ich habe mich auch rehabilitiert, fühlte er sich beinahe berechtigt hinzuzufügen, denn mit dreiundvierzig Jahren hatte er endlich die Morgendämmerung gesehen und war sich bewußt geworden, daß die Morgendämmerung nichts Offensichtliches ist.
Die ahnungslose Signora erwartete ihn stehend im großen Wohnzimmer, das Haupt erhoben, zornig und ungnädig wie eine tödlich gekränkte Kaiserin.
«Hallo», grüßte der Commendatore grinsend, ging an ihr vorbei und gab ihr einen herzhaften Klaps auf den eisigen Hintern.
Die Signora war einen Augenblick lang sprachlos, dann öffnete sie die Schleusen, erklärte als erstes, sie hätte nicht gewußt, daß sie einen Rüpel geheiratet habe, und redete weiter, bis ihr Hals trocken wurde.
«Würdest du das noch einmal sagen, ich habe nicht zugehört», bat an diesem Punkt der Commendatore.
Der Commendatore hatte tatsächlich die ganze Zeit der mit roter Tinte geschriebenen Bewertung nachgesonnen und kein Wort mitbekommen.
Das war sein Glück: Die Signora, der die Luft fehlte, um ihre Philippika zu wiederholen, krächzte mit metallener Stimme: «In Ordnung, ich werde es dir heimzahlen.»
Wenn dieser Ausspruch von einer Frau kommt, bedeutet er, daß die Rechnung bereits mehr als beglichen ist. Zu Beunruhigung Anlaß geben diejenigen Drohungen, die die Frauen nicht laut aussprechen.
So brach die Signora denn auch, als der Commendatore Bobis Aufsatz vorlas und zur versunkenen Stadt und dem auf dem Meeresgrund ruhenden Abendkleid kam, in ein lautes Lachen aus.

Das Muttersöhnchen

Jeden, der sie Rosa nannte, verbesserte sie schroff: «Rosi, bitte.»
Da sie kein kleines Mädchen war, sondern eine verheiratete Frau mit sechs Söhnen, deren jüngster gegen die zweiundzwanzig ging, zogen alle, die sie so sprechen hörten, mit gutem Grund die Nase kraus.
Sie war aber durchaus auch keine verrückte Alte, denn von allem abgesehen, war Rosi nicht alt, zählte sie doch knapp fünfundvierzig Jahre und schien mit ihrem feinen Gesicht und der zierlichen, schlanken Figur nicht viel mehr als fünfunddreißig. Ihr Mann dagegen war über sechzig, und wenn die Rosi für kurze Zeit etwas seltsam gewesen war, hatte allein dieses alte Schwein schuld daran.
Es war einzig die Schuld des Davide Marocci, der mit über zweiunddreißig die Rosi geheiratet hatte, die nicht einmal siebzehn gewesen und eben erst aus der Klosterschule gekommen war.
Rosis Vater hätte die Tochter nie diesem grobschlächtigen, ungehobelten Bauern geben dürfen, der wie der Unhold aus einer Schauergeschichte herausgestiegen schien. Aber es war eine drückende finanzielle Verpflichtung im Spiel gewesen, und Rosis Vater hatte, um nicht die ganze Familie ins Unglück zu stürzen, die älteste seiner fünf Töchter ins Unglück gestürzt.
Davide Marocci hatte das arme Kind nach La Grande

geholt, das düstere Stammhaus dieser alten Sippe von Halsabschneidern, und der Rosi war es vorgekommen, als wäre sie in die Klosterschule zurückgekehrt. Der Unterschied war, daß sie in der Klosterschule unter mehr oder weniger sympathischen, aber durchweg zivilisierten Frauen und Mädchen gelebt hatte, während sie sich in La Grande in einer Menagerie voller übelriechender Grobiane befand, deren ruppigster ihr Mann war. Die Rosi war ein demütiges, sanftes und geduldiges junges Mädchen, und so beschränkte sie sich darauf, dem Gatten diszipliniert zu gehorchen. Der Marocci behandelte sie wie eine prämierte Zuchtkuh, und Rosi schenkte ihm in sechs Jahren sechs Söhne.

Ein einziges Mal, als sie das sechste Kind erwartete, lehnte sich die Rosi auf:

«Davide, du hast im Stall über dem Stand einer jeden Kuh eine Schiefertafel mit dem Namen und den Daten angenagelt, warum nagelst du nicht auch eine hier ans Kopfende meiner Bettstatt?»

Rosi verbrachte die ersten zwölf Ehejahre damit, mitten in einem Tohuwabohu von Geschrei, Windeln und schmutzigen Lätzchen Kinder zu wiegen und zu stillen. Kinder, dick und groß wie Kälber und böse und aufsässig, als wüßten sie schon in der Wiege, daß sie Söhne des Davide Marocci waren. Es waren harte Jahre für die Rosi, die, schmächtig, zart und sanft wie sie war, von den finstern, grobschlächtigen Biestern, die sie nun am Hals hatte, versklavt wurde, als wären diese nicht ihre Kinder, sondern lauter kleine Davide Marocci, lauter kleine Tyrannen.

Als Rino, der letzte der sechs, vierjährig war, machte Rosi eine wunderbare Entdeckung: Das Kind war

anders als die übrigen fünf. Es war schmächtiger, seine Züge waren feiner und sein Charakter sanfter.
Rino unterschied sich von Tag zu Tag mehr von den Brüdern, verlor schließlich jede Ähnlichkeit mit dem Vater und schlug immer mehr der Mutter nach.
An dem Tag, an dem Rosi sicher war, daß sie keine Gespenster gesehen hatte, rief sie voll Freude:
«Endlich habe auch ich ein Kind!»
Aber sie machte sich auch gleich Sorgen:
«Hoffentlich merken sie es nicht!»
Sie sagte «sie» nicht «er», denn für Rosi waren Giorgio, Francesco, Amilcare, Antonio und Giuseppe Marocci lediglich fünf Ausgaben ein und desselben Davide Marocci.
Aber «sie» entdeckten Rosis Geheimnis bald, und zwar nicht weil Rosi sich Rino gegenüber anders verhalten hätte. Es war Rino, der sich anders verhielt als seine Brüder: Er haßte alles Rohe und liebte alles Sanfte, und wenn er sich an seine Mutter kuscheln konnte, war er das glücklichste Kind auf Erden.
«Das Muttersöhnchen!» Die fünf Kraftmeier hatten zur Befriedigung des Oberkraftmeiers schnell einen Übernamen für ihn gefunden.
Die Knechte und Mägde auf La Grande tauften ihn «Il Signorino».
In der grenzenlosen Dummheit der ungehobelten Bauern nannten sie, obwohl sie die Marocci wegen ihrer knickrigen Schäbigkeit und Gemeinheit aus tiefstem Herzen haßten, jetzt, wo es – wie durch ein Wunder – einen sanften, zuvorkommenden Marocci gab, diesen verächtlich «Signorino».
Es ist die Blödheit und Niederträchtigkeit der Lastesel,

die sich für jenen Herrn, der sie prügelt und schindet, bei der Arbeit fast umbringen, aber sobald sie einen menschlichen Herrn finden, der sie streichelt, nach diesem ausschlagen und ihn zu Tode trampeln.

«Signora Rosa.»
«Rosi, bitte!»
Und das mit fünfundvierzig Jahren und sechs Söhnen, deren jüngster zweiundzwanzig war! Rosi hatte die kleinen, unschuldigen Koketterien der Klosterschülerin beibehalten.
Rosi überlegt mit fünfundvierzig genau gleich, als ob sie über die siebzehn nicht hinausgekommen wäre – sie hatte auf La Grande nicht gelebt. Sie hatte sich darauf beschränkt, den häuslichen Stall der Marocci mit Nachwuchs zu bestücken, und nun schaute sie voll Furcht auf die fünf Sohnes-Bestien, die der Vater-Bestie wie aus dem Gesicht geschnitten waren.
Die ersten fünf Söhne unterdrückten sie in gleicher Weise wie ihr Mann. Sie behandelten die Mutter wie eine jüngere, etwas verhuschte Schwester.
Und wenn Rosi etwas Dummes anstellte, verfuhren sie etwas weniger grob und gemein mit ihr als der Vater, aber nicht weniger streng.
Rino war stets auf dem Quivive, aber trotzdem richtete seine Mutter ab und zu Unsinn an.
Kleinigkeiten, Backfischeinfälle, denen aber im Hause Marocci die Ausmaße einer nationalen Katastrophe gegeben wurden.
Rosi besaß nichts und hatte keine Verfügungsgewalt. Sie konnte nichts tun, ohne die ausdrückliche Bewilligung einzuholen. Wenn sie ein Kleid oder ein Paar Schuhe

brauchte, mußte sie dies bei Tisch vorbringen und sich anhören, was die sechs dazu meinten.
Rinos Meinung zählte nicht – er wurde nicht einmal danach gefragt.
Wenn die Versammlung zum Beispiel beschlossen hatte, Rosi dürfte in die Stadt gehen und dies oder jenes kaufen, bekam die Rosi eine gewisse, abgezählte Summe, für die sie bis zum letzten Centesimo Rechenschaft abzulegen hatte.
Rino wurde beauftragt, die Mutter in die Stadt zu begleiten und pünktlich zur festgelegten Zeit wieder mit ihr zu Hause zu sein.
Die Marocci besaßen selbstverständlich ein Auto, aber es wurde einzig für wichtige, mit dem Gutsbetrieb in Zusammenhang stehende Angelegenheiten hervorgenommen. Rino und die Mutter benutzten daher das Postauto. So war Rinos größte Sorge jedesmal, den Kurs zurück nicht zu verpassen.
Denn Rosi konnte sich, die wenigen Male, die sie in die Stadt und unter die Leute kam, an den Auslagen nicht sattsehen und wurde des Herumgehens nie müde. Der arme Rino hatte einen schweren Stand.
«Mama, es ist schon spät, wir müssen gehen.»
«Schimpfst du jetzt auch mit mir wie die andern? Magst du mir keine Freude gönnen?»
«Ich mag Euch jede Freude gönnen, das Dumme ist, daß das Postauto einen festen Fahrplan hat.»
An einem Samstagnachmittag hatte Rosi, als sie in der Stadt waren, Lust ins Kino zu gehen.
Sie war den Tränen nah, und so ging Rino, nachdem er den Fahrplan vorwärts und rückwärts studiert hatte, mit der Mutter ins Kino.

Natürlich weiß man, wenn man ins Kino geht, zwar wann man hineingeht, aber nicht, wann man wieder herauskommt. Das hängt vom Film ab.
Der Film war kurzweilig, und als Rino und die Mutter herauskamen, war das letzte Postauto schon vor über einer Stunde abgefahren.
«Und jetzt?» fragte die Mutter außer sich.
«Laßt Euch keine grauen Haare wachsen», beruhigte Rino sie, obwohl er ebenso ratlos war. «Wir mieten ein Auto und lassen uns nach Hause fahren.»
«Und das Geld dafür? Wir haben im ganzen noch achthundert Lire.»
Rino hob die Arme zum Himmel.
«Wir können jedenfalls nicht zu Fuß zurück. Die zu Hause werden bezahlen.»
Die Rosi starrte ihn entsetzt an.
«Seid unbesorgt, Mama, und wenn wir zu Hause sind, sagt nichts. Überlaßt mir das Reden.»
Die auf La Grande waren fuchsteufelswild.
«Kommt man um diese Zeit nach Hause?» brüllte Davide Marocci, als er Rino auftauchen sah.
«Ich habe das Postauto verpaßt», erklärte Rino. «Ich habe bei meinem alten Oberleutnant hineingeschaut und ihm guten Tag gesagt, dabei ist es spät geworden. Jetzt wäre das Auto zu bezahlen. Der Fahrer wartet auf dem Vorplatz.»
Der Marocci fuhr auf.
«Das Auto? Was für ein Auto?»
«Ich habe ein Auto mieten müssen.»
«Du hast Geld für die Heimfahrt gehabt. Wenn du ein Auto genommen hast, bezahlst du es selbst», erwiderte der Vater. «Das wird dich lehren.»

Es gab wenig zu lernen: Rino hatte kein Geld, und der Alte bezahlte erst, als der Fahrer die Geduld verlor, hereinkam und erklärte:
«Entweder gebt ihr mir, was mir zusteht, oder ich rufe die Carabinieri.»
Es folgte eine wüste Szene, bei der geschrieen wurde, daß die Decke zitterte.
Giorgio, der älteste der Brüder, packte Rino beim Jakkenaufschlag und schrie:
«Verdammter Idiot, hat uns dein Studium nicht schon genug Geld gekostet? Müssen wir jetzt auch noch deine Spazierfahrten bezahlen?»
An diesem Punkt trat die Mutter zwischen die beiden.
«Laßt ihn in Ruhe. Wenn er die Diplomprüfung nicht bestanden hat, ist das eure Schuld. Ihr habt gewollt, daß er Geometer wird, wo er doch gerne Advokat studiert hätte.»
«Ihr schweigt!» schrie Amilcare, der Zweitgeborene, sie an. «Er hat sie nicht bestanden, weil er dumm ist, und wenn wir einen Haufen Geld in den Dreck geworfen haben, ist das allein Eure Schuld. Ihr wolltet Euren Herzensbub unbedingt als den Herrn Doktor sehen!»
Die Rosi mußte drei Monate verstreichen lassen, bis sie es wagen konnte, wieder etwas vom In-die-Stadt-gehen zu sagen. Der Marocci gab ihr die Erlaubnis dazu, aber er bestimmte:
«Dieses Mal gehst du nicht mit Rino. Ich gebe dir die Ismene mit. Die wird nicht mit ihrem alten Oberleutnant schwatzen, und ihr werdet das Postauto nicht verpassen.»
Die Rosi ging mit der alten Magd in die Stadt und kam pünktlich und guter Dinge wieder heim.

Sie war noch nie so fröhlich aus der Stadt zurückgekommen, und Rino war einigermaßen erstaunt darüber.

Am nächsten Tag forderte die Mutter, die einen günstigen Augenblick abgewartet hatte, Rino auf, mit ihr in den Keller zu kommen, und Rino ging mit ihr.
Im großen Keller schloß die Mutter die Tür hinter ihnen und machte sich in einem dunkeln Winkel zu schaffen.
«Ich habe ein herrliches Geheimnis», flüsterte sie Rino zu, als sie wieder zu ihm trat.
Rino schaute auf und sah am linken Handgelenk der Mutter ein goldenes Kettchen funkeln.
«Von wem habt Ihr das bekommen?»
«Ich habe es gekauft. Es ist nicht teuer gewesen, weil es ein Sonderangebot ist. Sechzigtausend Lire.»
«Und wer hat Euch das Geld gegeben?»
«Niemand. Ich habe fünftausend Lire gehabt, der Juwelier hat sie als Anzahlung genommen. Für die verbleibenden fünfundfünfzigtausend habe ich einen Wechsel unterschrieben.»
Rino fühlte, wie ihm der kalte Schweiß auf die Stirn trat. «Mama; Ihr habt eine Dummheit gemacht!» rief er aus. «Wechsel muß man bezahlen, wenn sie verfallen, sonst werden sie protestiert.»
«Das weiß ich. Aber ich habe drei Monate Zeit. In drei Monaten wird sich das Geld finden lassen.»
«Und wie soll es sich finden lassen?»
Die Rosi lächelte.
«Ich habe schon alles mit der Ismene abgesprochen. Ismene und ihr Sohn bereiten alles vor, und wenn der

Kornspeicher voll ist, führen wir unseren Plan aus, und das Geld wird sich finden. Kein Mensch wird etwas merken, denn wir machen uns den Gewichtsschwund zunutze. Dann ...»

«Mama! So etwas dürft Ihr nicht einmal aussprechen», unterbrach Rino sie. «Diesmal habt Ihr etwas getan, das Ihr nie hättet tun dürfen. Wie dem auch sei, die Sache muß sofort gestoppt werden.»

Er streifte das Kettchen vom Handgelenk der Mutter und steckte es in die Tasche.

«Ich gehe jetzt sofort in die Stadt. Ich bringe das Armband zurück und lasse mir den Wechsel aushändigen. Die fünftausend Lire werden wir uns ans Bein streichen müssen.»

Die Mutter sah ihn mit Tränen in den Augen an.

«Rino, du nimmst es mir?»

«Ich nehme es Euch nicht: Ich bringe es zurück, um ein Unheil zu vermeiden. Ihr habt gesehen, wie sie wegen der paar Lire für das Taxi gewütet haben. Und dann ein Wechsel! Wenn ein Wechsel der Marocci zu Protest geht, bringt er Euch um.»

Die Mutter sah ihn unverwandt an.

«Du hast recht, Rino, manchmal führe ich mich auf wie ein kleines Mädchen», seufzte sie. «Aber ich habe nicht widerstehen können. Schon im Collegio habe ich von einem solchen Armbändchen geträumt ... Ich habe geglaubt, ich hätte es mir in all den Jahren, in denen ich mich aufgeopfert habe, verdient. Wenn dein Vater wollte, könnte er mir eines für zehn Millionen kaufen ... Aber dein Vater will nicht ... Rino, ich werde in meinem ganzen Leben nie von jemandem etwas geschenkt bekommen.»

Der Sohn zog das Armbändchen aus der Tasche.
«Das ist nicht wahr: Wenn es Euch so sehr gefällt, schenke ich es Euch.»
Die Rosi wurde sofort wieder zum kleinen Mädchen und drückte das Armbändchen an die Brust. Dann fragte sie besorgt:
«Und der Wechsel?»
«Vergeßt ihn. Ich werde ihn zurückziehen. Sagt nie jemandem etwas davon, was auch immer geschehen mag. Niemals! Überlaßt alles mir.»
Die Rosi umarmte den Sohn, der sich zum ersten Mal in seinem Leben wie ein Signore vorkam.

Rino eilte sofort in die Stadt, aber es gelang ihm nicht, etwas an den Tatsachen zu ändern. Er bewahrte einen klaren Kopf, und als das Verfallsdatum näherrückte, kam er auf die Geschichte mit dem Korn zurück.
Die Silos und Speicher waren voll Weizen: Er organisierte alles mit größter Umsicht allein und plante, pro Mal ein paar Zentner abzuzapfen. Er machte die Säcke im Speicher bereit, so daß sie nur noch durch die Luke auf einen Karren herabgelassen werden mußten.
Spät in der Nacht schlich er vorsichtig aus dem Haus, aber der Hund, der nicht hätte bellen sollen, hörte von der Straße her auch noch andere Geräusche und bellte. Rino verlor die Nerven, strauchelte und machte einen Heidenlärm.
Der Schuß wurde vom Schlafzimmerfenster des ältesten Bruders aus abgegeben, und Rino wurde, nur weil der liebe Gott eingriff, nicht getroffen.
Es gelang Rino, sich ins Haus zu verdrücken, bevor die Brüder herausstürzten.

Diese entdeckten das Fuhrwerk unter der Luke und die zum Verladen bereiten Säcke im Speicher.
Sie kamen aber nicht auf den Gedanken, Rino könnte etwas damit zu tun haben, und gingen einem andern Verdacht nach.
Doch nun waren sie auf der Hut, und an das Geschäft mit dem Weizen war nicht mehr zu denken.
Und der Wechsel wurde bald fällig.
Man mußte handeln, koste es, was es wolle.
Die Rosi war all die Zeit über glücklich, denn wenn die Männer tagsüber außer Haus waren, konnte sie in den Keller hinuntersteigen, das Kettchen hervorholen, es über das schmale Handgelenk streifen und es im schmalen Lichtschein, der durch eine Luke drang, funkeln lassen.
Rino ging in die Stadt und handelte. Es gelang ihm, den Wechsel zurückzuziehen und verschwinden zu lassen.
Aber er hatte, um das eine Loch zu stopfen, ein weit gefährlicheres aufgetan.

An dem Tag, an dem der Maresciallo zum alten Marocci kam und ihm sagte, sein Sohn Rino habe einen ungedeckten Scheck ausgestellt und sei deswegen angezeigt worden, begehrte der Alte keine Einzelheiten zu hören.
«Wenn er die Schindluderei gemacht hat, soll er dafür bezahlen. Wir kommen nicht für die Schindludereien anderer auf.»
Es ging um dreißigtausend Lire, und der junge Mann war nicht vorbestraft. Die Strafe fiel milde aus und wurde zur Bewährung ausgesetzt.
Das Dorf hatte trotzdem seinen Skandal, der noch größer wurde, als einen Monat später eine Anzeige wegen

Ausstellens eines Wechsels mit gefälschter Unterschrift auf Rino Marocci herabdonnerte.
«Wenn er die Schindluderei gemacht hat, soll er dafür bezahlen», sagte der alte Marocci, und seine Söhne waren derselben Meinung. «Er heißt zwar Marocci wie wir, aber er ist kein Marocci, und es liegt uns nichts daran, ihn hier unter uns Marocci zu haben.»
Diesmal mußte Rino auch gleich noch für das erste Vergehen bezahlen.
«Das Söhnchen ist im Zuchthaus», berichtete der älteste Bruder, der in die Stadt gegangen war, um dem Prozeß beizuwohnen.
«Es ist gekommen, wie es kommen mußte», erklärte der alte Marocci gelassen. «Mir persönlich ist es egal. Für mich ist er ein Fremder, und ich werde eine Bekanntmachung in die Zeitungen drucken lassen, wonach wir für nichts haften. Es tut mir leid für dich, Rosi.»
Die Rosi, die nicht weinte und, seit die Dinge ins Rollen gekommen waren, nie von Rino gesprochen hatte, antwortete nicht.
Ihr Verhalten mutete nun ganz und gar seltsam an.
Die Marocci machten sich in der kommenden Zeit sogar Sorgen, denn die Rosi war, statt traurig, immer fröhlicher und zufriedener.
«Ob sie den Verstand verloren hat?» fragten sich die Marocci. «Man muß sie im Auge behalten.»
Sie behielten sie im Auge, aber Rosi unternahm nichts Absonderliches. So vergingen zwei Monate, und es wurde Weihnachten.
Der Heilige Abend kam, und die Marocci setzten sich zu Tisch.

Wie jedes Jahr sagte der Alte auch an diesem Heiligen Abend:
«Und so haben wir es mit Gottes Hilfe auch dieses Mal geschafft.»
Dann fügte er hinzu:
«Wir wollen hoffen, der Lump hat soviel Anstand und kommt nicht her und verdirbt uns den Abend. Wir wollen hoffen, er hat von selbst begriffen, daß dies nicht mehr sein Zuhause ist.»
Der Erstgeborene schnaubte:
«Je unredlicher einer ist, desto mehr Glück hat er. Der hat gemacht, was er gemacht hat, und ist wegen der Amnestie mit ein paar Monaten davongekommen.»
«Amnestie oder nicht Amnestie, in dieses Haus setzt er zeit seines Lebens den Fuß nicht mehr», verkündete der Vater abschließend.
Die Rosi schien gar nicht zugehört zu haben.
Schweigend machten sie sich ans Abendessen, als plötzlich auf dem Vorplatz ein Pfiff ertönte, und alle Marocci den Kopf hoben und sich ansahen.
Der Pfiff wiederholte sich, und der älteste der Marocci-Brüder schickte sich an, aufzustehen.
«Das ist er!» stieß er hervor. «Wenn er nicht sofort abhaut, werde ich ...»
Die Rosi erhob sich und bedeutete dem ältesten Sohn, zu schweigen.
«Ja, er ist's», sagte sie ruhig. «Es ist der Sohn, der aus dem Zuchthaus nach Hause kommt und mit seiner Mama Weihnachten feiern will.»
Die Rosi lächelte und streckte ihnen das linke Handgelenk hin, an dem das goldene Kettchen funkelte.
«Das ist das erste Geschenk meines Lebens», erklärte

sie. «Ich habe es mir selbst gemacht, und weil ich kein Geld gehabt habe, um es zu bezahlen, habe ich einen Wechsel unterschrieben. Da hat mein Sohn Rino, damit der Wechsel nicht zu Protest ging und ihr mir das Leben zur Hölle machtet, zuerst versucht, einige Säcke Weizen zu verkaufen und ist dabei beinahe zu Tode gekommen. Dann hat er, weil er sich nicht anders zu helfen gewußt hat, einen ungedeckten Scheck und einen Wechsel mit gefälschter Unterschrift ausgestellt. So ist er, nachdem er sein Leben aufs Spiel gesetzt hat, auch noch verurteilt worden: Aber ich habe ihn freigesprochen und habe nichts gesagt, damit sein Opfer nicht umsonst gewesen ist.»

Die Rosi nahm ihr Mäntelchen vom Haken und zog es über. Dann schlang sie einen schwarzen Wollschal um den Kopf und ging auf die Tür zu.

Bevor sie den Fuß über die Schwelle setzte, drehte sie sich ihrem Mann zu und zeigte mit dem Finger auf ihn. «Aber du», sagte sie mit fester Stimme, «wirst unter deinen Söhnen keinen finden, der für dich sein Leben aufs Spiel setzt und ins Zuchthaus geht. Sie werden dir ins Gesicht spucken und dich ins Irrenhaus stecken, um sich das Geld teilen zu können. Lebwohl, alter Esel, mein Platz ist nicht mehr hier, er ist bei meinem Sohn.»

Die Rosi ging ruhig hinaus und keiner der sechs Grobiane hatte den Mut, etwas dagegen zu unternehmen oder den Mund aufzumachen, denn sie hatten begriffen, daß die Rosi nun stärker war als sie alle.

Stärker und reicher. Tausendmal reicher.

Der schützende Nußbaum

An einem Oktobermorgen des Jahres 1944 fuhr ein Trupp deutscher Soldaten vor dem Palazzone vor. Die Soldaten waren in voller Kriegsmontur und mit einer unglaublichen Zahl von Waffen behängt. Befehligt wurden sie von einem ein Meter achtzig großen Unteroffizier, der schrie wie ein Berserker.

Der alte Rolli, auf den eine Salve deutscher Wörter abgefeuert wurde, verwarf die Arme.

«Ich habe nichts getan», stammelte er.

«Ihr Italiener tut nie was», brüllte der Entfesselte in einem sehr ungefähren, aber durchaus wirksamen Italienisch.

«Ihr Italiener lauter Engelein mit Flügeln.»

Er beendete seine Standpredigt auf Deutsch, und der alte Rolli, der zwar kein Wort verstand, den Sinn der Schimpfkanonade aber dennoch begriff, machte sich auf das Schlimmste gefaßt.

Der Unteroffizier bedeutete dem Rolli, ihm zu folgen, und steuerte zielstrebig dem Park hinter dem Palazzo zu. Dort angekommen, blieb er stehen und sah sich um, dann rief er zwei Mann seines Trupps etwas zu und zeigte auf den dicksten Baum. Die beiden maßen den Umfang des Stamms handbreit vom Boden mit dem Meßband und gaben die Maße dem Unteroffizier an. Der Krieger schrieb sie in ein Büchlein.

«Name», fuhr er den Rolli an.

«Antonio Rolli», antwortete der Alte.
«Nicht Euren Namen, den weiß ich. Ich will wissen, wie der Baum heißt.»
«Hickorynußbaum.»
Der Unteroffizier kritzelte etwas in sein Büchlein und erklärte dem Rolli dann:
«Baum sofort umhauen lassen und übermorgen ihn bringen nach Torricella. Zwanzig Zentimeter über dem Boden abhauen.»
Der Noce americano, der Hickorynußbaum der Rolli war ein prachtvoller, hundertjähriger Baum. Etwas Unglaubliches, Phantastisches. Und wenn sie dem Rolli die Wahl gelassen hätten, das Haus abzureißen oder den Hickorynußbaum zu schlagen, er hätte es vorgezogen, unter dem Palazzo eine Tonne Dynamit zu zünden.
Der Rolli war alt und elend, seit Jahr und Tag Witwer, der einzige Sohn in Deutschland gefangen: Verglichen mit den andern Kümmernissen war die Sache mit dem Nußbaum im Grunde eine Bagatelle. Dennoch ballte der Rolli die Fäuste, als er hörte, er solle den Nußbaum umsägen.
«Haben Sie alles gut verstanden?» fragte der Unteroffizier drohend.
«Warum soll ich diesen Baum umhauen?» fragte der Rolli. Das war, milde gesagt, eine dumme Frage. Die Deutschen bereiteten die Endverteidigung vor, und es schien, als planten sie, sich mit Stöcken oder Planken zu verteidigen, so versessen waren sie, Holzreserven anzuhäufen.
Der Unteroffizier sah den Alten wild an.
«Befehl ist Befehl!» brüllte er. «Schlag den Baum! Das ist ein Befehl.»

«Na gut», sagte der alte Rolli. «Diesen Baum umhauen ist einfach, aber wird das Große Reich am Ende des Krieges in der Lage sein, mir einen gleichen zu machen?»
Der Unteroffizier begrub den Rolli unter einer Lawine deutscher Prosa und endete auf Italienisch:
«Übermorgen umgehauener Baum in Torricella!»
Der Trupp zog ab, und der alte Rolli blieb im Park und betrachtete den Noce americano.
Drei Tage später kam der Unteroffizier wieder in den Palazzone.
Er schnaubte vor Wut.
«Warum haben Sie den Baum nicht umhauen lassen?»
Der Rolli antwortete lediglich mit einem Achselzucken.
«Wenn der Baum übermorgen nicht umgehauen ist, lasse ich Sie erschießen», schrie der Unteroffizier.
«Sie können mich auf der Stelle erschießen, ich werde den Baum nicht schlagen lassen», antwortete der Rolli gelassen.
Der Deutsche grinste höhnisch.
«Wir werden sehen, ob Sie übermorgen noch derselben Meinung sind.»
Aber der alte Rolli war ein Dickschädel, und er änderte seine Meinung nicht. Als der Unteroffizier nach Ablauf der Frist wiederkam, fand er ihn unter dem Hickorynußbaum sitzend.
Der Deutsche betrachtete den Alten, dann betrachtete er den gewaltigen Baum, und dann betrachtete er wieder den Alten. Er spuckte als Ausdruck größter Verachtung auf den Boden. «Das Reich wird auch ohne Euren Baum siegen», erklärte er.
Er ging, und es sah aus, als würde er sich nicht mehr zeigen. Aber einen Monat später tauchte er wieder auf.

«Unserem Kommando ist in acht anonymen Briefen gemeldet worden, alle andern Grundbesitzer wären dem Befehl, die Bäume zu schlagen, nachgekommen, nur Sie nicht. Wenn dem tatsächlich so sein sollte, werde ich von meinem Vorgesetzten bestraft werden.»
Der Rolli wiegte den Kopf.
«Na schön», erklärte er. «Wenn die Dinge so liegen, lasse ich den Baum heute schlagen und morgen werde ich ihn nach Torricella bringen lassen.»
Der Unteroffizier sagte nichts. Er ging in den Park, um den Noce americano noch einmal zu bestaunen, und während er sich dann auf das Motorrad schwang, schrie er dem Rolli gebieterisch zu:
«Schlagen Sie den Baum nicht, ohne zuvor unsere Erlaubnis erhalten zu haben!»
Zwei Stunden danach war er wieder im Palazzone. Diesmal zusammen mit einem jungen Offizier, dem er, die topografische Karte in der Hand, eine Menge Dinge erklärte und dabei immer wieder auf den riesigen Baum deutete. Der junge Offizier schien am Ende völlig überzeugt zu sein.
Er war es offensichtlich gewesen, denn in der folgenden Woche installierte sich der Unteroffizier zusammen mit einem kleinen Trupp Soldaten im Palazzone und teilte dem Rolli mit fürchterlich schnarrender Stimme mit:
«Wir requirieren den Baum, denn wir brauchen ihn als Beobachtungsposten.»
Auf dem Noce americano wurde in der Tat eine kleine Plattform gezimmert, die über ein ausgeklügeltes System von Leitern zugänglich war.
«Der deutsche Adler hat auf dem Noce americano einen Horst gebaut», kommentierte der alte Rolli, als der

Beobachtungsposten in Betrieb genommen wurde, und der Unteroffizier lachte. Doch es war soviel Traurigkeit in seinen Augen, daß der Alte sich gedrängt fühlte, ein «Nichts für ungut» zu murmeln.

Es wurde bald Frühling, und mit dem Frühling kamen die Tage des Endschlamassels.
Als der Noce americano begann Blätter zu treiben, luden der Unteroffizier und sein Trupp ihre Siebensachen auf den kleinen Lastwagen und verließen den Palazzone.
Der Unteroffizier sollte als letzter abziehen und, nachdem er die Rakete abgeschossen haben würde, dem Lastwagen auf dem Motorrad folgen. So wurde es auch gemacht: Als der Lastwagen mit dem Trupp auf der andern Seite der Brücke über den Stivone angekommen war, blieb er stehen und wartete das Freie-Fahrt-Zeichen des Unteroffiziers ab, der als Wachtposten auf dem Nußbaum zurückgeblieben war.
Da in der näheren Umgebung alles ruhig war, schoß der Unteroffizier die grüne Rakete ab. Dann kletterte er vom Baum, klaubte, unten angekommen, ein Messer aus der Tasche und schnitzte, nachdem er ein Stück Rinde gesäubert hatte,
«Franz – 10. April 1945»
in den Stamm.
Als er fertig war und sich umdrehte, sah er sich dem alten Rolli gegenüber. Dieser gab ihm die Hand und sagte:
«Gott beschütze Sie.»
Der Unteroffizier schwang sich auf das Motorrad und flitzte davon. Als er den Stivone überquert hatte, hielt er

kurz an, zündete die Zündschnur an, die seine Leute vorbereitet hatten, und duckte sich hinter die Böschung.

Eine Minute später barst der Mittelpfeiler der Brücke und riß die ganze Herrlichkeit mit sich in den Fluß.

Darauf stieg der Deutsche wieder auf sein Motorrad, aber bevor er davonfuhr, sah er noch einmal zu seinem Nußbaum hinüber.

«Brücken sind in wenigen Wochen neu gebaut», murmelte er. «Einen Baum neu wachsen zu lassen, braucht es Jahrhunderte.»

Im August kehrte der Sohn des Rolli aus Deutschland heim zu seinem Vater, der unter dem Noce americano auf ihn wartete.

Der Vater drückte dem Heimkehrer die Hand, und seine Füße standen dabei genau an derselben Stelle, an der er dem Deutschen die Hand gedrückt hatte.

Unter dem Nußbaum verbrachte der Alte auch die letzten Tage seines Daseins, als er fünf oder sechs Jahre nach der Heimkehr des Sohnes für immer aus dem Palazzone ging.

So kam es, daß an dem Tag, an dem der Makler Tognone zum jungen Rolli kam und ihm erklärte, einer in Mailand sei bereit, ihm eine Million Lire für den Noce americano zu geben, der Rolli den Tognone wie einen Hund aus dem Haus jagte.

Den Nußbaum umhauen – es wäre einer Schändung des Andenkens des alten Rolli gleichgekommen.

Zudem hatte der Baum viele wichtige Ereignisse miterlebt und war dadurch beinahe zu einem Familienmitglied geworden.

Aber es gibt nichts Hartnäckigeres als Makler.
Die Makler sind die mißlungensten Existenzen, die diese Welt bevölkern. Jagt man sie zur Tür hinaus, kommen sie zum Fenster wieder herein. Und wenn ihr überzeugt seid, ihr hättet einen Handel abgeschlossen, in dem kein Vermittler auch nur den kleinen Finger mit darin hat, erscheinen wie aus heiterem Himmel mindestens drei auf der Bildfläche. Der eine schreit, er hätte euch, als ihr an dem bewußten Mittwoch an dem bestimmten Ort vorbeigefahren wäret, zugerufen «Die Sache da sei jetzt reif». Der zweite schwört, er habe die Sache vor euch in den Fingern gehabt, und ihr hättet davon erfahren, weil er euch durch den Sohn des Müllers einen Wink habe geben lassen. Der dritte jammert, wenn er nicht hinter den Kulissen gewirkt hätte, hättet ihr eine Million mehr bezahlen müssen.
Und alle sagen euch das in aller Öffentlichkeit. Sie schreien wie die Berserker, schlagen sich auf die geschwellte Brust und spielen sich als Ehrenmänner auf, die von einem durchtriebenen Schurken aufs Kreuz gelegt worden sind. Sie drohen mit Vorladungen und Gericht und erklären den Leuten, sie würden euch an den Bettelstab bringen.
Es gibt nichts Perfideres als Makler: Wenn jemand das Pech hat, in ihre Klauen zu geraten, ist er erledigt.
Natürlich gibt es auch ehrbare Makler, aber sie haben wenig Erfolg und werden selbst zu Opfern der «geschäftstüchtigen» Sorte.
Tognone war ein «geschäftstüchtiger» Makler: Daß der Rolli ihn vor die Tür gesetzt hatte, erschütterte ihn nicht. «Er muß die Erbschaftssteuer bezahlen und braucht Bargeld, er wird weich werden.»

Dazu kam, daß der Mann in Mailand den Nußbaum um jeden Preis haben wollte. Es handelte sich um einen großen Holzindustriellen, um einen von denen, die an der «Fiera» die Leichen mächtiger ermorderter Bäume ausstellen. Ein Exemplar wie der Hickorynußbaum der Rolli hätte, an der Messe zur Schau gestellt, der Firma zum Ruhm gereicht.
Darum ging Tognone ein zweites Mal zum Angriff über und bot diesmal nicht eine, sondern zwei Millionen.
Man jagte ihn zum Teufel, und er kam mit dem Traumangebot von drei Millionen wieder.
Drei Millionen auf den Tisch wären dem Rolli gelegen gekommen, besonders der Erbschaftssteuer wegen, die gesalzen war.
Aber er blieb hart.
Tognone nahm, in Begleitung von zwei Spießgesellen, einen vierten Anlauf.
«Ich bin gekommen, Ihnen einen Vorschlag zu machen, dessentwegen Sie sich, wenn Sie nicht darauf eingehen, einmal vor Wut die Haare raufen werden», sagte er und zog eine monumentale Ziehharmonika-Geldbörse aus der Innentasche der Jacke.
Dann legte er ein Stück Papier auf den Tisch.
«Das ist ein Blankoscheck», erklärte er. «Den Betrag setzen Sie selbst ein.»
Der Rolli versuchte, etwas zu entgegnen, aber Tognone kam ihm zuvor.
«Sagen Sie nichts: Ich lasse Ihnen den Scheck hier. Wir sind beides Ehrenmänner, und zudem sind zwei Zeugen zugegen. Überdenken Sie es. Wir werden morgen vormittag um zehn wiederkommen und Ihre Antwort holen.»

Sie gingen, und der junge Rolli blieb auf- und abgehend im Studierzimmer zurück.
Ab und zu schaute er auf den Fetzen Papier, den Tognone mitten auf den Tisch gelegt hatte.
Es war zehn Uhr vormittags – er hatte vierundzwanzig Stunden vor sich.
Vierundzwanzig Stunden sind zu lang, um der Versuchung zu widerstehen, auf das Stück Papier «Lire fünf Millionen» zu schreiben.
Während der Rolli zum hundertstenmal dieselben Überlegungen anstellte, klopfte es an die Tür, und der Diener trat ein.
«Es sind zwei Vagabunden am Tor, die Sie sprechen wollen.»
«Vagabunden?»
«Ja, zwei von diesen Ausländern, die mit dem Motorrad die Welt bereisen. Sie fahren in Scharen vorbei.»
«Schick sie zum Teufel.»
«Das habe ich versucht, aber sie sind hartnäckig. Sie sagen, sie müßten mit dem Signor Rolli sprechen.»
Ärgerlich, aber neugierig geworden, ging Rolli hinaus und zum Tor hinunter.
Die Vagabunden trugen beide kurze Hosen und ein leichtes Hemd und waren beide blond. Der eine war ein Mordsstück von einem ein Meter achtzig-Mann und der andere ein Mordsstück von einem unerhört eindrücklichen jungen Mädchen.
Sie reisten mit einem Berg von Bündeln, unter dem die Räder von etwas, das ein Motorrad sein mußte, hervorschauten, das aber in Anbetracht der Unmenge von Gepäckstücken zumindest ein Bulldozer hätte sein müssen.

«Signor Rolli?» fragte der Hüne lachend.
«Der bin ich.»
Der Hüne schüttelte den Kopf.
«Nicht Sie. Der Signor Rolli ist viel älter. Vielleicht Ihr Vater?»
«Ja, mein Vater. Er ist voriges Jahr gestorben.»
Der Hüne schien von der Nachricht zutiefst getroffen.
«Das tut mir sehr leid», sagte er. «Ich habe es nicht gewußt. Ich habe es mir auch nicht vorstellen können.»
Er sprach in einer fremden Sprache mit der Frau und wandte sich dann wieder dem Signor Rolli zu, der das Tor noch nicht geöffnet hatte, sondern wie angewurzelt dastand und die beiden anstarrte, als wären sie seltene Tiere im Zoologischen Garten.
«Es tut mir unendlich leid», sagte der Hüne. «Ich wäre Ihnen sehr dankbar, wenn Sie uns gestatten würden, einen Blick auf den Baum zu werfen.»
«Auf den Baum? Auf welchen Baum?»
«Auf den Noce americano», erklärte der Hüne mit einem Lächeln. «Ich hätte ihn gerne aus der Nähe fotografiert. Den Stamm. Die Äste von unten.»
Rolli fing an zu lachen: Was hatten sie alle mit dem vermaledeiten Baum? War er zur Persönlichkeit des Tages gewählt worden?
Er öffnete das Tor, er konnte es vor dem strahlenden Lächeln dieses Prachtsmädchens nicht verschlossen lassen. «Bitte.»
Der Hüne beugte sich vornüber und schob, von dem jungen Mädchen unterstützt, das beladene Motorrad in den Hof. Er zog es auf den Kippständer hoch und folgte dann dem Hausherrn, der in Richtung Park davongegangen war.

Beim Anblick des Hickorynußbaums blieben die beiden Fremden stehen: Der Noce americano schien noch großartiger als zuvor.
Die junge Frau redete lange lebhaft auf den Hünen ein, der mit dem Kopf nickend zuhörte.
«Meine Frau freut sich sehr, den Baum zu sehen», erklärte der Hüne dem Rolli lachend. «Ich habe ihr soviel von diesem Baum erzählt, daß sie neugierig geworden ist. Darum haben wir gespart und sind hergekommen, um ihn zu sehen. Wir haben 1949 geheiratet, aber dies ist unsere Hochzeitsreise.»
Der Rolli sah den Hünen verblüfft an, und dieser beantwortete lachend die stumme Frage in Rollis Augen.
«Am 10. April des Jahres 1945 habe ich hier an dieser Stelle Ihrem Vater die Hand gedrückt», sagte er.
Dann strich er mit dem Finger über die Rinde, in die eingeritzt war:
«Franz – 10. April 1945».
Daß er nicht sofort begriffen hatte, trieb dem Rolli die Schamröte ins Gesicht: Sein Vater hatte ihm die Geschichte tausendmal erzählt!
«Entschuldigen Sie», stammelte er und drückte zuerst dem Hünen und dann der jungen Frau die Hand. «Bitte, kommen Sie ins Haus! Ich würde mich glücklich schätzen, Sie als meine Gäste zu beherbergen. Wie würde sich mein Vater freuen, wenn er noch da wäre. Er hat immer wieder von Ihnen gesprochen ...»
Der Hüne übersetzte alles seiner Frau, deren Gesicht immer mehr zu strahlen anfing. Als der Hüne ihr alles berichtet hatte, wandte er sich an seinen Gastgeber.
«Danke für die Einladung, auch im Namen meiner Frau. Aber wenn Sie uns tatsächlich ein Geschenk machen

möchten, dann müssen Sie uns erlauben, das Zelt unter unserem Baum aufzuschlagen. Unter ihm fühle ich mich ein wenig wie zu Hause. Ich fühle mich ...»
Er fand das Wort nicht und breitete die Arme aus.
«Ich fühle mich ...»
«Im Trockenen», schlug Rolli vor.
«Nicht im Trockenen. Mehr als im Trockenen.»
«Beschützt?»
«Beschützt. Ja, beschützt.»
Der Signor Rolli wollte, daß sie ins Haus kämen, aber seine beiden Vagabunden waren Dickschädel.
Der Hüne holte das Motorrad und begann zusammen mit seiner Frau, die Bündel aufzuschnüren. Im Handumdrehen stand das Zelt unter dem Noce americano.

Am nächsten Tag eilte Rolli, kaum war er aufgestanden, in den Park hinaus, aber die beiden Weltenbummler waren verschwunden. Schon wieder in Richtung Norden abgereist.
Eine zarte Hand hatte am Fuß des Noce americano ein Kränzchen aus Wiesenblumen niedergelegt. Rolli wußte, für wen diese Blumen waren.
Und in die Rinde war neben dem «Franz – 10. April 1945» «Franz und Gerda – 10. August 1952» eingeritzt worden.
All dies erfüllte das Herz des Signor Rolli mit milder Rührung, dennoch lachte er auf: Er wußte mit einemmal genau, was er auf den Blankoscheck schreiben würde.
Er schrieb es in Blockschrift darauf.
Und als Tognone den Scheck abholen kam, las er die mit Blockschrift eingesetzten Worte und begriff, daß weitere Anstrengungen sinnlos waren.

Das geschlossene Tor

Die Landstraße zieht ihr glänzendes Asphaltband über den Hauptdamm und wiederholt den gleichmäßigen, geraden Lauf des Flusses. Aber die Sträßchen, die in die Landstraße münden, sind, obwohl sie durch topfebenes Land führen, gekrümmt und gewunden und voll brutaler, jäher Kurven. Für den vom Geschwindigkeitswahn besessenen Städter sind sie unannehmbar; für den, der die Felder bestellt und darum eifersüchtig darüber wacht, daß sein Grundstück weder be- noch zerschnitten wird, sind sie logisch.
Die Strada Quarta ist einer dieser wunderlichen ehemaligen Flurwege. Sie nimmt in dem nur wenige hundert Meter von der Landstraße entfernten großen Dorf ihren Anfang, schlängelt sich über sechs oder sieben Kilometer durch das Land und mündet kaum mehr als einen Kilometer unterhalb des großen Dorfs in die Landstraße.
Auf dem letzten Stück verläuft die Strada Quarta parallel zum Fluß und zur Landstraße, dann beschreibt sie, einen Kilometer vom Damm entfernt, einen rechten Winkel und steuert geradewegs den Hauptdamm an, den sie rasch erklettert.
Der Hof Cantone liegt genau dort im innern Winkel der Kurve, und das Gebäude stößt auf zwei Seiten an die Straße.
Eine unübersichtlichere und hinterhältigere Kurve als

die beim Cantone kann man sich nicht vorstellen; denn die Strada Quarta ist zwar eine Nebenstraße, aber sie verbindet, neben einer ganzen Anzahl von Höfen, auch das Kerngebiet der Gemeinde Torcella mit der Landstraße und ist daher ziemlich stark befahren.
Der Dreschplatz des Cantone stößt an das Straßenstück, das von der südwestlichen Hausecke gerade gegen Osten führt. Der Dreschplatz des Cantone ist, mit andern Worten, ein rechteckiger, festgestampfter Platz, an dem gegen Morgen der Geräteschuppen steht, neben dem der Karrenweg einmündet; gegen Mittag grenzt er an die Straße, und gegen Abend wird er vom Wohnhaus abgeschlossen. Im Norden, der Straße gegenüber und mit dem Wohnhaus durch die große Einfahrt verbunden, begrenzt ihn das Wirtschaftsgebäude mit den Stallungen und der Scheune.
Das Tor, das in das Gehöft führt, steht natürlich in der Blickachse auf die Hauseinfahrt zu und ist also an die Südostecke des Wohnhauses angebaut.
Diese Inflation von Orientierungspunkten dient einzig dazu, das Einfachste auf der Welt zu erklären: Wenn ein Pechvogel – im guten Sinn – in Gedanken versunken vom Dreschplatz des Cantone auf die Straße hinaustritt, und ein anderer Pechvogel – im schlechten Sinn – mit Vollgas auf die verfluchte Kurve zusteuert, geht das für beide Pechvögel sehr leicht sehr schlecht aus.
Das war dann auch einmal der Fall, und daher wurde dieses Tor geschlossen, und heute verdeckt eine Jungfernrebe die Eisenstäbe.

Marchino Stocci hatte den Cantone von seinem Vater geerbt, nachdem er sich zusammen mit dem Vater auf

den Feldern des Cantone abgerackert hatte. Jetzt macht er mit seiner Frau und einem Knecht weiter.
Marchino ging schon gegen die Vierzig, aber er hatte spät geheiratet, und das älteste der drei Kinder, die Gisa, war eben erst zwölf geworden.
Angesichts dieser Familienverhältnisse und der Größe des Anwesens ist es nicht verwunderlich, daß Marchino sich in der Praxis als recht nervöser Mensch erwies, mit dem nicht gut Kirschen essen war.
Sein Temperament ging oft mit ihm durch, und wenn die Kinder ihm auf die Nerven gingen, kostete es ihn nichts, sie mit Kopfnüssen zu traktieren, die zu verkraften selbst robuste Jugendliche hart ankommen mußte.
Die beiden Söhne, der eine war acht und der andere zehn, fanden sich in überaus sportlicher Weise mit dieser Tatsache ab, und ihre Hauptsorge war, sich tunlichst außerhalb der Reichweite der väterlichen Fäuste aufzuhalten. Die empfindsamere Gisa dagegen hatten Kopfnüsse und Schelte soweit gebracht, daß sie ihren Vater fürchtete wie den Leibhaftigen.
Die Gisa war ein zartes Mädchen, und wenn der Vater sie vor Fremden anfuhr, litt sie Qualen. Nun war es beinahe, als genösse Marchino es, sie gerade dann zu beschimpfen, wenn Leute im Haus oder auf dem Dreschplatz waren.
Das letzte Mal schimpfte Marchino seine Tochter denn auch an einem Tag aus, an dem der Platz, weil man gerade das Getreide drosch, voller Leute war.

Eine dürftige Ausbeute in jenem Jahr: Der Winter war ekelhaft gewesen, und das wenige Getreide, das sie eingebracht hatten, gab nichts her. Der Stocci war gallig:

Von Zeit zu Zeit griff er in den Sack unter dem Sortierzylinder, nahm eine Handvoll Weizen heraus und warf ihn fluchend wieder in den Sack zurück.
Zu allem Elend siechte auch noch seine beste Kuh, und der Tierarzt ließ sich nicht blicken.
Die beiden Buben hatten gemerkt, woher der Wind wehte, und hatten sich in die Büsche geschlagen. Die Gisa hatte sich nicht verdrücken können, denn sie mußte mit anpacken, und so schleppte sie fleißig zum Trinken für die Dreschmannschaft herbei.
Der Tierarzt kam ausgerechnet am Mittag, als die Drescher gerade Pause machen wollten, und alles ging drunter und drüber. Er untersuchte die kranke Kuh, schrieb ein Rezept und erklärte dem Stocci:
«Jetzt ist die Apotheke geschlossen. Schickt um drei, wenn sie wieder öffnet, jemanden das Mittel holen. Um vier bin ich wieder hier und mache der Kuh die Spritze.»
Während die Dreschmannschaft im langen, kühlen Korridor aß, zog sich der Stocci einen Augenblick in die gute Stube zurück: Es war ihm in den Sinn gekommen, daß der Apotheker die letzte Rechnung schon vor einem Monat geschickt hatte, und es schien ihm richtig, die Gelegenheit zu benutzen und sie zu bezahlen.
Er fand den gelben Umschlag mit der Rechnung. Sie lautete auf viertausendfünfhundert Lire: Zehntausend Lire reichten, um die alte Rechnung und die neue Ware zu bezahlen.
Er schob das Rezept des Tierarztes und den Zehntausendlireschein in einen hellblauen Umschlag, der ihm eben in die Hand gekommen war. Dann überlegte er, das würde das ganze nur unnötig komplizieren und der gelbe Umschlag des Apothekers würde genügen.

Es war ein schwüler Tag, und die von der Dreschmaschine wollten vorwärtsmachen, weil sie noch andere Verpflichtungen hatten. Der Stocci kam kaum dazu, ein paar Bissen zu verdrücken und eine halbe Flasche Wein hinter die Binde zu schütten, denn gleich wurde die Arbeit wieder aufgenommen.
Um halb drei, als die Dreschmaschine die letzten Garben in sich hineinschlang, erinnerte sich Stocci an den Tierarzt und die Kuh und rief die Gisa zu sich.
«Nimm den gelben Umschlag, der in der guten Stube auf dem Tisch liegt und fahr zum Apotheker. Gib ihm den Umschlag und warte. Beeil dich!»
Die Gisa holte den Umschlag und machte sich, das Fahrrad stoßend, wie sie das immer machte und die Eltern es ihr tausendmal eingebleut hatten, auf den Weg.
Sie ging zum Tor hinaus und, das Rad immer noch stoßend am Straßenrand entlang bis zu der vom Haus verdeckten Unglückskurve.
Dann stieg sie auf und radelte auf dem kürzesten Weg, auf der Dammstraße, ins Dorf.

Als die Gisa aus dem Dorf zurückkam, war man mit dem Dreschen fertig. Der Maschinist und ein paar der Mannschaft hantierten an der Dreschtrommel und der Strohpresse und machten das Gefährt abfahrtbereit, während die übrigen den Staub mit ein paar Gläsern Brunnenwasser hinunterspülten.
Die Gisa kam über den Dreschplatz. Das Päckchen mit der Apothekerware hatte sie an die Lenkstange gebunden. Der Stocci war im Kornspeicher über der großen Einfahrt und schaute zur Luke hinaus.

«Hast du alles?» fragte er die Gisa.
«Ja.»
«Wieviel hat er dir herausgegeben?»
Das Mädchen sah ihn verblüfft an.
«Warum herausgegeben?» stammelte es.
«Auf die zehntausend Lire, die im Umschlag gewesen sind!» brüllte der Stocci.
Das Mägdelein schüttelte den Kopf.
«Es sind nur zwei Zettel im Umschlag gewesen, kein Geld.»
Wenn es ums Geld geht, verstehen die Bauern keinen Spaß. Sie haben wenig Bargeld, und das wenige müssen sie im Schweiße ihres Angesichts errackern. Ihr könnt einem Bauern ein Ohr ausreißen, aber laßt die Finger von seinem Geld.
Der Stocci brüllte auf.
«Kein Geld! Ich habe es eigenhändig hineingetan! Du hast es verloren, Schlampe ...! Wenn du es nicht findest, schlage ich dich tot!»
Aber er begnügte sich nicht mit Brüllen: Die Wut ließ seine Adern anschwellen und brachte ihn um den Verstand.
Die Holzleiter, über die die Säcke auf den Boden getragen wurden, lehnte an der Luke. Der Stocci schickte sich zeternd an, die Leiter hinabzuklettern, doch die vor Angst bebende Gisa wartete nicht, bis der Vater unten war.
Sie schwang sich auf das Fahrrad und steuerte, verzweifelt in die Pedale tretend, dem Tor zu.
Der Vater lief ihr wutschnaubend nach, aber die Gisa war schon in voller Fahrt. Sie flitzte durch das Tor und war auf der Straße.

Die Straße war gekiest, die Gisa riß das Fahrrad brüsk nach rechts herum, geriet ins Rutschen und wurde ganz nach links hinaus, bis knapp an den Graben, getragen. Der Lieferwagen fuhr rasant, und als er um die verfluchte Kurve bog, hatte er die Gisa vor dem Kühler. Er konnte nicht anders, als sie zu Tode fahren.
Dort, vor den Augen ihres Vaters.

Darum schloß der Stocci das Tor. Er sicherte es mit einer dicken Kette und einem großen Vorlegeschloß, dessen Schlüssel er in seiner Tasche vergrub.
Das Tor sollte nie wieder benutzt werden.
Der Karrenweg, der, fünfzig Meter vom Haus weg, vom Dreschplatz aus parallel zur Straße verlief, wurde mit dieser verbunden.
Die Jungfernrebe, die sich zuvor darauf beschränkt hatte, die beiden Torpfosten zu überwuchern, rankte sich auch an den Stäben des großen Eisentores hoch.
Nach einem Monat Sich-Quälens kam der Stocci zur Ruhe.
Er war derselbe wie zuvor, aber er brüllte nicht mehr herum. Er überließ es der Mutter, sich um die beiden Söhne zu kümmern.
Einer der Torpfosten ist an der Hausecke verankert, beim andern beginnt die Hecke, die den Dreschplatz von der Straße trennt. Neben dem freistehenden Pfosten steht eine hohe Pappel, und im Sommer setzte sich der Stocci auf den Platz im Schatten der Pappel und schaute auf das geschlossene Tor. Durch die Stäbe und das Blätterwerk der Jungfernrebe sah er die weiße, verlassene, der sengenden Sonne gnadenlos ausgelieferte Straße.

Es war in einem August, die nachmittägliche Schwüle lastete über den Feldern der Bassa, die Menschen schliefen, und es war sehr still und einsam.
Der Stocci saß auf dem Schemel im Schatten der großen Pappel und schaute auf das geschlossene Tor.
Mit einem Mal kam jemand herangeradelt, hielt an und blieb vor dem Tor auf der Straße stehen. Der Stocci konnte die Person der Blätter wegen, die oben am Tor besonders dicht waren, nicht gut sehen.
Darum stand er auf und trat näher an das Tor heran.
Es war sie, die Gisa. Sie sah in mit ihren großen hellblauen Augen an.
Der Stocci kramte im Westentäschchen und zog den Schlüssel heraus. Das Vorlegeschloß war verrostet und ließ sich nur mit Gewalt öffnen. Dann galt es auch noch die Ranken der Jungfernrebe herunterzureißen – aber der Stocci arbeitete mit fiebrigen Händen und brachte es fertig, das Tor aufzustoßen.
«Komm herein», sagte er zur Gisa.
Die Gisa schüttelte den Kopf.
Dann stieg sie auf das Fahrrad und fuhr in Richtung der Unglückskurve davon.
Der Stocci blieb mit offenem Mund stehen, bis sie um die Ecke gebogen war.
Dann überkam's ihn.
Er ging über den Dreschplatz zurück. Sein Fahrrad stand an einen Pfosten gelehnt im Geräteschuppen. Er stürmte darauf zu und schwang sich auf den Sattel. Dann trat er verzweifelt in die Pedale.
Er flitzte durch das Tor – genau wie die Gisa damals –, rutschte, als er nach rechts abbog, auf dem Kies weg, und der Pechvogel im Auto hatte, als er um die Kurve

bog, den Stocci vor dem Kühler und nagelte ihn an Ort und Stelle fest.

Es war ungefähr zwei Uhr nachmittags: Die alte Antonietta, die an Schlaflosigkeit litt und an jenem glühheißen Augustnachmittag als einzige wach gewesen war, schwor, sie hätte wenige Minuten nach zwei den Stocci und die Gisa auf den Fahrrädern an ihrem Haus vorbeifahren gesehen.

Sie fuhren nebeneinander wie alle Radfahrer, und von Zeit zu Zeit sahen sie einander an und lächelten.

Alles erfunden, versteht sich.

Aber in einem Geheimfach der Brieftasche des Stocci fanden sie einen hellblauen Umschlag und darin zehntausend Lire. Den unglückseligen Zehntausendlireschein, den die Gisa nicht hatte verlieren können, weil ihr Vater die Umschläge durcheinander gebracht und ihn ihr nicht gegeben hatte.

Das ist nicht erfunden, und die Witwe des Stocci gab den Zehntausendlireschein Don Camillo.

«Lest Messen dafür.»

«Für wessen Seele?»

«Für die beider, Hochwürden.»

Soweit die Anordnungen der Witwe des Stocci. Dann ließ sie das Tor zuschweißen.

Und die Jungfernrebe nahm die Arbeit, bei der sie unterbrochen worden war, wieder auf.

Diegos Erbteil

Die Geschichte des Minta von der Casa Rossa ist lang, denn es ist die Geschichte eines halben Jahrhunderts harter Arbeit. Aber das Wesentliche an den Geschehnissen ist im Nu erzählt: Minta stand mit zweiundzwanzig allein da, hatte etwas Geld und eine Menge Ideen.
Die erste war, eine Familie zu gründen, die zweite zu Hab und Gut zu kommen: Also heiratete er und kaufte die Ghiare.
Das Mädchen, das er heiratete, war nichts Besonderes und ist darum nicht erwähnenswert. Über die Ghiare dagegen lohnt es sich zu reden, denn sie waren ein Stück Brachland hinter dem Hauptdamm gegen den großen Fluß: eine dornige, gottvergessene Wildnis, deren bloßer Anblick bange und trübsinnig machte.
Minta bekam sie für wenig Geld, praktisch umsonst, denn es war Dünenland. Während alle ob seiner Einfalt die Hände verwarfen, baute er mitten im Gebüsch ein Haus und strich es rot an. Danach begann sein harter Kampf mit dem Pflug, und die Leute fragten sich, was für ein Vergnügen es Minta machen konnte, den Sand umzubuddeln. Aber Mintas dritte Idee war, die fette Erde, die sich unter dem Sand verbarg, heraufzuholen. Darum ließ er beim Pflügen die Schollen aufrecht und wendete sie nicht um. Auf diese Weise rieselte der Sand in die Furchen hinunter und die allmählich zerbrökkelnde Erde deckte ihn zu.

Nach zwanzig Jahren waren die Ghiare zu sechshundert Biolche* gesegneten Landes geworden. Und die Casa Rossa stand nicht mehr allein auf weiter Flur, sondern inmitten der Knechtehäuser, der Stallungen, Schweinekoben, Geräteschuppen, Hühnerhöfe und so weiter und so fort. Sie war auch nicht mehr das armselige Häuschen von einst, sondern war zu einem ausladenden Gebäude geworden, denn außer Minta und seiner Frau wohnten auch ihre fünf Kinder dort. Nämlich der achtzehnjährige Giovanni, der von allen nur Gion gerufen wurde, die siebzehnjährige Maria, der sechzehnjährige Gino, die fünfzehnjährige Nilde und der vierzehnjährige Cesco.
Und das Gottesgeschenk: der einen Monat alte Diego.
Nachdem Minta sich Hab und Gut geschaffen hatte, machte er sich mit vierundvierzig Jahren daran, den Kindern Hab und Gut zu schaffen.
Er teilte die sechshundert Biolche in sechs Parzellen auf und trennte die erste als eigenständiges Gut mit Wohnung und Geräteschuppen, beides neu gebaut, ab. Als Gion dann den Militärdienst hinter sich hatte, gab er ihm eine Frau und vertraute ihm das neue Gut an, das den Namen Piopaccia erhielt.
Dann kam die Reihe an Gino, Cesco, Nilde und Maria. So kam es, daß Minta mit vierundfünfzig allein mit seiner Frau und dem kleinen Diego in der Casa Rossa wohnte. Den Grundbesitz verwaltete selbstverständlich

* Das heißt: soviel wie ein Lohnpflüger in sechshundert Tagen mit zwei Ochsen pflügen kann. Da der Lohnpflüger in der Emilia ‹bifolco› heißt, ist sein Name zur Maßbezeichnung für das Tagewerk geworden: ‹biolca› = was er in einem Tag zu pflügen vermag und was je nach Gebiet 3000 bis 6000 m² ausmacht, entsprechend unserem ‹Joch›, ‹Juchart›, ‹Morgen›. (Anmerkung der Übersetzerin)

er, und das Sagen hatte auch er, aber bebauen mußten das Land – außer den hundert Biolche um die Casa Rossa – die Kinder, jedes den Teil, der ihm anvertraut worden war.
Am Sonntag und an Festtagen kamen alle in die Casa Rossa, auf diese Weise war die Familie, obwohl immer vereint, getrennt und, obwohl getrennt, vereint.
Das bewährte sich bestens bis zum Tag, an dem der kleine Diego, kurz vor seinem zwölften Geburtstag, starb.
Minta ging damals ins sechsundfünfzigste Jahr und war noch kräftig wie eine Eiche. Aber es war ein zu harter Schlag, und er wurde grüblerisch und wortkarg.
Sein Wesen verdüsterte sich noch mehr, als seine Frau zwei oder drei Jahre später Diego folgte.
Minta blieb allein mit einer alten Magd in der Casa Rossa zurück. Die Vollversammlung der ganzen Familie fand von da an nur noch zu Weihnachten statt.
Die Zeit verging ohne besondere Begebenheiten, und es schien, als würde sich in der Ghiare nichts mehr ereignen. Doch eines schönen Tages kam Minta auf die Idee, zu sterben.

Minta war vierundsiebzig, und als er begriff, daß seine Stunde gekommen war, legte er sich ins Bett.
Alle eilten herbei: Söhne, Töchter, Schwiegertöchter, Schwiegersöhne, Enkelkinder. Eine ganze Armee von Leuten. Minta sah sie eines nach dem andern an, dankte ihnen, daß sie sich herbemüht hatten, wünschte der ganzen Gesellschaft viel Glück und befahl ihr dann, nach Hause zu gehen.
«Zum Sterben brauche ich niemandes Hilfe», erklärte er. «Das kann ich sehr gut allein!»

Minta war jemand, der sich durchzusetzen verstand, so muckte niemand, sie schlüpften zur Haustür hinaus und verzogen sich bedrückt.
Gion ging als letzter, und Minta rief ihn auf der Schwelle zurück.
«Bleib, ich muß dir sagen, was mit der Habe zu geschehen hat.»
Gion machte kehrt und trat ans Bett.
«Im Schrank ist eine Schatulle», begann Minta. «In der Schatulle ist ein versiegelter gelber Briefumschlag. Sobald ich tot bin, nimmst du den Briefumschlag, rufst die andern zusammen, öffnest ihn und liest das Testament laut vor.»
«Papa laßt das», murmelte Gion. «Es ist nicht der Augenblick, an diese Dinge zu denken.»
«Doch es ist genau der Augenblick dazu», erwiderte Minta scharf. «Du wirst den Briefumschlag nehmen und den andern das Testament vorlesen und zwar sofort. Ich will dabei sein. Ich will erst aus diesem Haus getragen werden, wenn alles geregelt ist. Alles muß so gemacht werden, wie ich es angeordnet habe. Hast du verstanden?»
«Wir haben Euch zu Euren Lebzeiten nie den Gehorsam verweigert, wir werden ihn Euch ganz sicher auch im Tod nicht verweigern», erklärte Gion. «Dessen könnt Ihr sicher sein.»
Minta seufzte.
«Was dich betrifft, Gion, bin ich sicher. Den andern traue ich nicht ...»
Der Alte hatte zuviel geredet und schlummerte erschöpft ein. Als er die Augen wieder öffnete, suchten diese Gion und fanden ihn starr wie eine Statue am Bettende sitzend.

«Gion», begann Minta von neuem. «Der Priester ist schon hier gewesen und der Doktor hat mich abgeschrieben – es soll niemand mehr ins Haus kommen ...! Niemand! Wenn noch jemand im Haus ist, jag ihn fort!»
Gion erhob sich und machte einen Rundgang durch das ganze Haus, bis hinauf auf die Tenne und hinunter in den Keller.
Darauf ging er zum Alten zurück und berichtete ihm:
«Die Gisa ist noch hier gewesen. Ich habe sie zum Kuhhirten hinüber geschickt, sie wird dort schlafen. Jetzt ist niemand mehr im Haus.»
«Gut», antwortete der Alte. «Es muß ganz still sein, wenn er kommt.»
Gion sah ihn verwirrt an.
«Wenn wer kommt?» fragte er.
«Diego!» erwiderte der Alte.
Gion setzte sich und stellte keine weiteren Fragen. Er strengte sich vielmehr an, ganz langsam und unhörbar zu atmen, um den Alten nicht zu stören.
Es schlug elf Uhr nachts, und Minta wurde unruhig.
«Gion», sagte er, «weißt du noch, wie du ihn mir damals ins Haus gebracht hast?»
«Ja, Papa.»
«Du bist es gewesen, der ihn aus dem Fluß gezogen hat ... Erinnerst du dich, wie schön er ausgesehen hat, auch als er tot gewesen ist?»
Gion brachte nur mit größter Mühe ein Ja über die Lippen.
Er erinnerte sich an jenen Tag! Ihm war damals gewesen, als hätte er einen Engel auf den Armen.
«Er ist noch das Kind, das er vor zwanzig Jahren gewe-

sen ist», sagte der Alte. «Er ist geblieben, wie er gewesen ist, als der Fluß ihn genommen hat.»
Minta seufzte.
«Man kann den Fluß nicht einmal verdammen ... Der Fluß gibt und nimmt ... Uns hat er den Boden gegeben und hat sich Diego genommen ... Aber er hat euch allen etwas gegeben und nur mir und der armen Frau, die deine Mutter gewesen ist, etwas genommen ...»
«Er hat auch mir etwas genommen», rief Gion voll Beklemmung aus. «Wenn ich an Diego denke, ist mir, als wäre eines meiner Kinder gestorben.»
Minta nickte stumm. Er wußte, daß Diego auch in Gions Herzen weiterlebte.
Der Alte war eingeschlummert und lag eine halbe Stunde wie tot da: Plötzlich stieß ein Windstoß das Fenster auf, und der Alte öffnete die Augen und lächelte.
Da wußte Gion, daß Diego gekommen war und seinen Vater zu sich geholt hatte.

Es war inzwischen Mitternacht geworden, und alle schliefen. Doch als man ihnen sagen kam, Gion erwarte sie sofort in der Casa Rossa, waren sie im Nu wieder auf den Beinen und eilten so schnell sie konnten herbei.
Als Gion sie in der großen Küche versammelt sah, zog er den gelben Briefumschlag mit den Siegeln aus der Tasche und sagte:
«Ich tue, was mir der Papa zu tun befohlen hat. Er will, daß wir die Sache mit dem Testament erledigen, solange er noch im Hause ist.»
Gion ließ den Briefumschlag die Runde machen, und alle versicherten sich, daß die Siegel nicht erbrochen

waren. Der Briefumschlag wurde geöffnet, und Gion las das Schriftstück laut vor:
«Ich vermache alles meinen Kindern und will, daß mein Hab und Gut wie folgt verteilt wird: das Podere Piopaccia soll meinem Sohn Giovanni gehören, das Podere San Donato meiner Tochter Maria, das Podere Torretta meinem Sohn Gino, das Podere La Buca meiner Tochter Leonilde, das Podere Fontanile meinem Sohn Francesco und das Podere Casa Rossa meinem Sohn Diego ...»
So stand es im Testament, und als Gion mit Lesen fertig war, meinte die Maria:
«Mir scheint, da gibt es nichts zu bereden: Jedes behält, was es hat. Was die Casa Rossa betrifft, würde ich vorschlagen, sie zu verkaufen und den Erlös zu teilen ...»
«Ich bin einverstanden», erklärte die Nilde. «Wir werden die Erbschaftssteuer bezahlen müssen, und dazu brauchen wir Bargeld.»
Gino und Cesco waren derselben Meinung, aber Gion war nicht einverstanden.
«Hier steht klar und deutlich, das Podere Casa Rossa solle Diego gehören. Es steht nicht, es solle zwischen uns aufgeteilt werden.»
«Das versteht sich», rief die Maria aus. «Als der Papa das Testament gemacht hat, hat Diego noch gelebt.»
«Nein», widersprach ihr Gion und zeigte ihr das Schriftstück. «Das Testament ist vor zwei Jahren handschriftlich vom Papa abgefaßt worden. Vor zwei Jahren war Diego schon seit achtzehn Jahren tot.»
Die Nilde fuhr hoch und geiferte:
«Das ist der Beweis für das, was alle längst wissen:

nämlich daß der Alte schon seit fünf oder sechs Jahren nicht mehr alle beisammen gehabt hat.»
«Der Papa ist bei klarem Verstand gewesen», wies Gion sie scharf zurecht. «Er hat dich und uns alle bis zum letzten Atemzug gelehrt, was leben heißt!»
Nun mischte sich Gino ein:
«Vertrottelt oder nicht, eines ist klar: Diego ist tot, und wir können ihm sein Grundstück nicht ins Jenseits nachschicken.»
«Die Erde, die er braucht, hat er schon», fügte die Maria hinzu.
«Die werden auch wir haben», schrie Gion sie an. «Aber der Grund und Boden, der zur Casa Rossa gehört, ist sein Erbteil und muß an ihn gehen.»
Nun meldete sich Cesco, der umgänglichste der ganzen Gesellschaft, zum Wort.
«Gion, Papas Testament ist heilig und muß vollstreckt werden. Sag uns, wie du es mit dem Teil des armen Diego machen würdest.»
«Es gibt nur einen Weg», erklärte Gion. «Wir bebauen den Boden und lassen den Erlös dem Altersasyl, der Kinderkrippe und dergleichen mehr zukommen. Diego braucht kein Geld, darum soll, was ihm zukommt, so verteilt werden, daß ihn alle in Erinnerung behalten und ihn gern haben.»
«Blödsinn», kreischte die Maria. «Gesetz ist Gesetz. Das Erbe gehört den Lebenden, nicht den Toten, darum gehört die Casa Rossa uns. Wir verkaufen sie und teilen das Geld.»
Die Nilde stieß ins selbe Horn:
«Mit dem, was dir zusteht, kannst du machen, was du willst. Über das, was uns zusteht, verfügen wir. Die

Mehrheit hat beschlossen zu verkaufen, also wird verkauft.»
Gion konnte nicht gut zum Gewehr greifen und alle erschießen. Er mußte klein beigeben.
Er blieb nicht dort und diskutierte weiter, er nahm den Hut und ging. Aber unter der Tür drehte er sich noch einmal um.
«Ihr widert mich an! Ein zwölfjähriges Kind bestehlen!»

Minta wurde auf den Friedhof getragen, und am selben Tag nahmen Gino, Cesco und die beiden Schwestern Kontakt mit Interessenten für die Casa Rossa auf.
Aber zwei Tage darauf wurden die Verhandlungen, die schon auf gutem Wege waren, unterbrochen.
Der große Fluß hatte angefangen, sich schlecht aufzuführen, und wenn der große Fluß erwacht, kann man nie sagen, was daraus werden wird.
Es wurde nichts Gutes daraus, denn der Fluß machte einen seiner berüchtigten Scherze.
Er unterspülte an einem bestimmten Punkt der Ghiare den Uferdamm, drang ins Land ein und machte einen Ausflug über die Felder des Minta selig.
Er richtete keinen großen Schaden an: Als er sich überzeugt hatte, daß alles in Ordnung war, zog er sich nämlich schnell wieder zurück. Aber er gab nicht allen Boden wieder preis.
Der große Fluß hatte den Uferdamm, der den zur Casa Rossa gehörigen Boden schützte, unterspült und riß die Erde mit sich.
Der große Fluß hat ab und zu solch eigenartige Einfälle: Er nimmt an einem Ort Erde weg und lagert sie an einem andern Ort wieder ab.

Er macht den einen ärmer, um den und jenen anderen reicher zu machen.
Der Fluß fraß sich tief in das Land, das zur Casa Rossa gehörte, und trug alle Erde weg.
Wo mag die Erde der Casa Rossa hingekommen sein?
Man weiß es nicht. Eines ist sicher: Diego hat sein Erbteil bekommen und hat es nach seinem Gutdünken verteilt.

Der Zusammenstoß

Signor P. war knapp bis in einen der Vororte gekommen, als er merkte, daß etwas nicht stimmte. Er hielt den Wagen am Straßenrand an, stieg aus um nachzusehen und stellte fest, daß der rechte Vorderreifen platt war. Das war das Schlimmste, was ihm hatte passieren können. Denn als er das Rad abgenommen hatte, um es zu wechseln, kam ihm in den Sinn, daß der Ersatzreifen zum Flicken in der Werkstatt war. Signor P. eilte daher in den nächsten Laden, rief die Werkstatt an und bat, ihm den Reifen, der zum Glück geflickt war, zu bringen. Er erklärte, wo er war, ging dann zum Auto zurück, setzte sich hinein und wartete. Die Straße war menschenleer, und zudem war es sehr warm. Es ging darum nicht lange, bis der Signor P. eindöste und eine Viertelstunde schlief.

Ein Heidenlärm weckte ihn, das Auto bebte wie bei einem Erdbeben. Aber in Wahrheit hatte lediglich ein ungefähr zwölfjähriger Junge, der wie ein Pfeil aus einer Seitenstraße geschossen war, die Kurve falsch eingeschätzt und war samt seinem Fahrrad gegen die Motorhaube des Autos des Signor P. gedonnert.

Nun lag der Junge ohnmächtig zwischen den Überresten seines Fahrrads am Boden.

Noch bevor Signor P. dazukam auszusteigen, umstanden zehn Leute das Auto und schnatterten aufgeregt.

«Diese Schelme rasen wie die Teufel!» krähte eine Alte.

Signor P. nickte zustimmend, denn er war im guten Glauben, die Frau spreche vom Radfahrer.
Aber ein junger Bursche ergänzte:
«Weil sie ein Auto haben, glauben sie, die Straße gehöre ihnen!»
Der Signor P. versuchte zu protestieren, aber vier der Gaffer überschrieen ihn.
«Sie wollen auch noch im Recht sein! Seien Sie still und schämen Sie sich!» fuhren sie ihm über den Mund.
Der Auflauf um das Auto herum war inzwischen auf vierzig Menschen angewachsen. Jemand kniete neben dem Jungen und versuchte, ihn ins Leben zurückzurufen.
Irgendwoher tönte ein herzzerreißender Schrei, und eine Frau, die personifizierte Verzweiflung selbst, bahnte sich mit den Ellenbogen den Weg durch die Menge.
«Er hat ihn mir getötet! Er hat ihn mir getötet!» kreischte die Frau ein übers andere Mal und raufte sich das Haar.
Sie warf sich auf den leblosen Körper des Jungen und rief laut:
«Mario! Mario!»
Die Szene brach einem das Herz.
Signor P. hatte sie erschüttert mitverfolgt und fand nicht die Kraft, auch nur ein einziges Wort zu sagen. Viele hatten Tränen in den Augen.
«Mario! Mario!» schluchzte die Frau weiter und schlang die Arme um den leblosen Körper. «Mario, sag mir, daß du nicht tot bist! Sag mir, daß dieser Verbrecher dich nicht getötet hat!»
«Hat er nicht, Mama! Ich bin hier!» gab ihr die Stimme

eines der Jungen, die zuvorderst standen, zur Antwort.
«Ich bin der Mario, der dort ist der Giulio, der Bub vom Kohlenhändler in der Via Stracca.»
Die Frau fuhr hoch, und als sie ihren Sohn gewahrte, drückte sie ihn ans Herz und rief:
«Ein Wunder ist geschehen! Er ist heil und ganz geblieben!»
Dann wandte sie sich zum Gehen, aber vorher drehte sie sich noch einmal dem immer noch im Auto blockierten Signor P. zu und schrie voll Haß:
«Du bist ein verfluchtes Schwein und die, die dir das Geld geben, damit du im Auto herumfahren kannst, sind auch verfluchte Schweine!»
Dann spuckte sie auf eines der Autofenster.
Der Signor P. schickte sich an, die Autotür zu öffnen und auszusteigen, aber in diesem Augenblick kam ein Mann um die vierzig atemlos herangekeucht.
«Halt! Bevor die Polizei da ist, geht niemand weg!» bestimmte der Mann um die vierzig energisch.
«Sie bringen Leute um, und dann wollen sie sich aus dem Staub machen», geiferte ein junges Mädchen voll Verachtung.
«Ich habe niemanden umgebracht!» setzte sich Signor P. zur Wehr.
«Und das, was ist das? Ein Huhn vielleicht?» schrien sie ihn zu fünft oder zu sechst an und zeigten auf den auf dem Boden ausgestreckten Jungen.
Der Junge hatte sich inzwischen vom Schlag auf den Kopf erholt und schaute sich verwundert um. Er hatte eine Schramme an der Stirn, aus der ein Blutbächlein rann.
«Mein Fahrrad!» rief er aus.

«Mach dir deswegen keine Sorgen», beruhigte ihn der Mann um die vierzig und schrieb vorsorglicherweise die Autokennzeichen in ein Büchlein. «Dein Fahrrad wird dieser saubere Vogel hier bezahlen, und alles andere auch.»

Der Signor P. wehrte, im Auto sitzend, ab.

«Seien Sie still!» rief er dem Mann um die vierzig zu. «Wie wollen Sie das wissen? Sie sind eben erst gekommen. Was haben Sie gesehen?»

Zwei junge Kerle drängten sich vor.

«Wir haben alles gesehen und zwar bestens», behaupteten sie. «Sie sind hundertprozentig im Unrecht. Der Junge kam von dort, von rechts, und Sie sind mit neunzig dahergebraust und haben ihn voll erfaßt.»

Ein feindseliger Aufschrei ging durch das Volk.

«Wir holen ihn raus und verabreichen ihm eine anständige Abreibung!» rief ein Metzgergeselle. «Das wird ihn lehren, in der Stadt Rennen zu fahren.»

Jemand näherte sich in böser Absicht dem Auto, aber Signor P. fand endlich die Kraft zu einem lauten Protest. Er hatte eine kräftige Stimme, so daß die Umstehenden schwiegen und ihm zuhörten.

«Keine Spur von neunzig!» rief er aus. «Der Wagen stand.»

Die Leute waren empört ob der Schamlosigkeit des Signor P.: Wenn er wenigstens gesagt hätte, er sei langsam gefahren. Aber die Behauptung, er habe gestanden, kam einer Provokation gleich!

In diesem Augenblick erschien ein Polizist und ging, nachdem er die Bescherung aufmerksam studiert hatte, zum Signor P. und verlangte von ihm die Ausweise. Dann wandte er sich den Umstehenden zu:

«Gibt es Zeugen?»
«Wir sind alle Zeugen!» krächzte ein altes Weib. «Er ist ein Schuft, und es hat wenig gefehlt, und er hätte auch den Mario, den Bub von der Bügelfrau, getötet!»
Der Polizist zückte ein Büchlein und trat hinter das Auto, um die Kennzeichen abzulesen.
«Sehen Sie sich das Auto auch von der anderen Seite an!» rief Signor P.
Der Polizist tat es und sah, daß das rechte Vorderrad abgenommen war und das Auto dort, statt vom Rad, vom Wagenheber gestützt wurde.
«Ich möchte wissen, wie ich mit drei Rädern und einem Wagenheber gefahren bin!» rief Signor P. aus. «Ich habe schon seit einer halben Stunde dagestanden und auf das Reserverad gewartet, das man mir bringen soll, als der Junge in der Kurve ins Schleudern geraten und in mein Auto hineingefahren ist.»
Der Polizist drehte sich nach dem Jungen um, aber der Junge war verschwunden.
Da befragte der Hüter der Ordnung die Umstehenden: Niemand kannte den Jungen. Niemand hatte ihn zuvor je gesehen.
Inzwischen war der Lehrling aus der Werkstatt eingetroffen und hatte das geflickte Reserverad montiert.
Der Signor P. ließ den Motor an und fuhr davon.
Die Leute sahen ihm finster nach.
«Scheißherren!» schrie einer in der Menge. «Ihr kommt auch noch dran!»
«Das werdet ihr», brummten die andern.
«Weitergehen», befahl der Polizist.
«Bist du auch auf der Seite der Herren?» knurrte ein junger Bursche.

«Sei still», riet ihm ein Mann im Overall freundschaftlich. «Sie stecken alle unter einer Decke – während der Mafiaboß in Sizilien unten macht, was er will und einen nach dem andern abknallt, vertrödeln sie hier ihre Zeit und belästigen die Bürger mit Verkehrsregeln.»
Mit «Das haben wir jetzt davon, daß wir uns mit den Amerikanern verbündet haben» schloß einer, der sich jetzt mit seinem dreirädrigen Lieferwägelchen in Bewegung setzte, die Diskussion.

Die Nacht der Wunder – ein Weihnachtsmärchen

Unvermittelt griff der Wind nach ihm und blies ihm Schneeluft in die Nase.
Erinnerungen an längst vergangene Tage stiegen Platz heischend in ihm auf und erwärmten sein Herz.
Doch nur für einen kurzen Augenblick, denn gleich fühlte er wieder die eisige Angst, die in seinen Knochen saß und sein Blut erstarren ließ.
Er wurde sich bewußt, daß er bereits durch die breite Ausfallstraße ging und blieb bestürzt stehen: Dort vorn, hundert Schritte von hier, wohnte er.
«Laß das meine Sorge sein», hatte er zwölf Stunden zuvor zu seiner Frau gesagt. «Ich besorge alles Nötige.»
Nachdem er die letzte Lira für die Straßenbahn und für Telefongespräche ausgegeben hatte, viele, viele Kilometer zu Fuß gegangen war, viele, viele Treppenstufen hinauf- und wieder hinuntergestiegen war, an viele, viele Türen geklopft hatte, war er jetzt zurück, elender als am Morgen, als er das Haus verlassen hatte.
Einem Geisterschiff gleich fuhr ein Trolleybus an ihm vorbei dem Zentrum zu. Es war Abend, acht Uhr, der Milchmann trat unter die Ladentür, blickte sich um und zog den Rolladen herunter.
Andere Rolladen rasselten nach unten: Um diese Zeit hatten die Leute gekauft, was sie kaufen konnten, und strebten der Wärme des häuslichen Herdes zu.
Der Mann stand allein auf der breiten, verlassenen

Straße. Er tastete in den Taschen nach einer nicht vorhandenen Zigarette und ging schließlich langsam weiter. Als er bei der Haustüre anlangte, hätte er am liebsten das Weite gesucht: einfach weitergehen bis ans Ende der breiten Straße und weiter über die Trolleybusschleife hinaus, durch die Unterführung und in den Feldweg einbiegen, der in die Landschaft hinausführte. Immer weiter gehen, an den Kanal und in den Kanal hinein, bis das Wasser über ihm zusammenschlug.
Dann dachte er an das Kind und ging ins Haus.
Er schämte sich vor der Pförtnersfrau und schlich darum auf den Zehenspitzen durch den dämmrigen Flur.
Die Pförtnersfrau, ihr Mann und die beiden Kinder waren bei Tisch – einem mit guten Dingen vollgeladenen Tisch. Sie waren ins Essen vertieft und bemerkten den Heimkehrer nicht. Der Mann machte auch im Treppenhaus kein Licht. Jedes Geräusch vermeidend, stieg er nach oben und suchte, als er im siebten Stock angekommen war, tastend nach dem Schlüsselloch.
Was wird sie sagen ...? Was wird das Kind sagen ...? Die Frage schnürte ihm die Kehle zu und ließ seine Hände zittrig werden.
Doch er hörte keine Vorwürfe und mußte nichts erklären: Die Wohnung war leer, dunkel und totenstill. Auf dem Küchentisch lag ein Zettel.
«Ich kehre zu den Meinen zurück. Ich werde bei ihnen bleiben, bis du ein Auskommen gefunden hast. Ich habe mich schon seit einiger Zeit mit dem Gedanken getragen, heute tue ich den Schritt, weil mir die Kraft fehlt, das Elend einer Armeleuteweihnacht durchzustehen. Um meinet- und des Kindes willen.»
Der Mann setzte sich und las den kurzen Brief ein

zweites Mal. Der Kopf drehte sich ihm, doch eines begriff er: Seine Frau und sein Kind waren gegangen. Er versuchte, sich mit der Tatsache, daß er nun ganz allein war, abzufinden.
«Ich werde dort bleiben, bis du ein Auskommen gefunden hast.»
Seit sieben Jahren kämpfte er verzweifelt um dieses Auskommen. Er hatte es nicht gefunden, solange sein Kampf einen Sinn gehabt hatte – wie sollte es ihm jetzt glücken, wo ihm das einzige genommen worden war, das sein Leben lebenswert gemacht hatte?
Selbst wenn er es schaffte, zu Geld zu kommen, seine Frau und das Kind würde er nie wieder zurückgewinnen. Die Degossi hatten den langen Kampf gewonnen: Sie hatten erreicht, daß seine Frau gegen ihn Partei ergriff. Sie würden auch das Kind dazu bringen, ihn abzulehnen. Luci liebte ihn, doch was vermochte ein wehrloses Kind von achteinhalb Jahren gegen die ganze Degossi-Sippe? Die Degossi haßten ihn: gehobener Mittelstand, steinreiche, eingebildete Leute, die mit ihren beiden Kindern Großes im Sinn gehabt hatten. Der Sohn hatte sie nicht enttäuscht. Er war ein Industriemagnat geworden und hatte seine erfolgreiche Laufbahn mit einer glänzenden Heirat gekrönt.
Die Tochter aber war die Frau eines armen Schluckers geworden.
Sie haßten und verachteten ihn. Als ihnen das Techtelmechtel zu Ohren gekommen war, war Vater Degossi mit grobem Geschütz aufgefahren. Wie ein Panzer war er auf den jungen Mann los und hatte versucht, ihn zu überrollen.
«Bursche, ich weiß, wer du bist und was du willst. Du

hast es auf unser Geld abgesehen. Da unsere Tochter noch ein Kind ist, glaubst du leichtes Spiel zu haben.»
«Ich bin achtzehn und Eure Tochter auch», hatte der junge Mann erwidert.
«Das Alter spielt keine Rolle. Laß meine Tochter in Ruh, oder ich brech' dir alle Knochen.»
Doch das Mädchen war bis über beide Ohren verliebt und wollte um keinen Preis in Ruhe gelassen werden. Die Beziehung nahm ihren Fortgang.
Als der junge Mann in die Offiziersschule eintrat, atmeten die Degossi erleichtert auf. Doch eines schönen Tages lief die Tochter von zu Hause weg, um dem jungen Mann nah zu sein. Die Degossi hatten alle Mühe, sie zur Heimkehr zu bewegen.
Vier Monate später, als der junge Mann die Schule beendete hatte und zum Regiment geschickt wurde, lief das Mädchen wieder weg.
Das war im August 43. Reisen war ein verzweifeltes Unterfangen. Die Degossi brachen trotzdem auf und holten die Ausbrecherin ein.
Aber obwohl sie die Verfolgung noch an dem Tag, an dem die Tochter geflohen war, aufnahmen und für die Reise nur zwei Tage benötigten, kamen sie vier Monate zu spät.
Da die Lage unsicher war, und der junge Mann von einer Stunde auf die andere Gott weiß wohin verlegt werden konnte, mußten die Degossi die Tochter wohl oder übel heiraten lassen.
Schweren Herzens und entschlossen, die Tochter als gestorben zu betrachten, reisten sie wieder nach Hause.
Die Ehe wurde am Morgen des 8. Septembers geschlossen. Drei Tage später überbrachte ein junger Mann den

Degossi einen Brief der Extochter: «Gianni ist wenige Stunden nach der Hochzeit in der Kaserne gefangengenommen und nach Polen deportiert worden. Ich bin allein und mittellos mitten im Chaos zurückgeblieben.»
Die Degossi holten die Tochter nach Hause und beteten zu Gott, der Unhold möge nicht zurückkehren.
Die Luci, die am 10. Dezember ihren offiziellen Einzug hielt, konnte den Degossi, als Tochter des Gianni Maloi und Ursache der unglückseligen Heirat der Mutter, nicht willkommen sein. Der Umstand, daß vom Vater noch kein Lebenszeichen eingetroffen war, gestattete es ihnen aber, sich zwar nicht über die Enkelin zu freuen, sie aber doch zu dulden.
Daß dieser Gianni Maloi auch nach Lucis Geburt weiterhin die Rolle des Verschollenen spielte, machte selbst ihn etwas weniger hassenswert.
Aber am 5. Oktober 1945 wurde er mit einem Schlag wieder zum Ekel. An diesem Tag erschien er in Lumpen an der Tür der Degossi und berichtete:
«Ich und mein Freund sind geflohen, als wir in Polen von einem Lager in ein anderes verlegt wurden. Meinen Freund hat es erwischt, ich bin durchgekommen, weil die Polen mir geholfen haben; aber ich habe euch keine Nachricht zukommen lassen können.»
Vater Degossi schnitt ihm das Wort ab.
«Was willst du hier?»
«Ich möchte meine Frau sehen.»
«Hier wohnt nur meine Tochter und zu der lasse ich dich nicht. Wenn du deine Frau sehen willst, dann biete ihr ein Zuhause und nimm sie mit.»
Man schlug ihm die Tür vor der Nase zu, und er mußte abziehen.

Zwei Monate später tauchte Gianni wieder auf. Er hatte mit dem, was ihm eine alte Tante auf dem Totenbett vermacht hatte, eine Wohnung einrichten können und kam nun, um seine Frau zu sich zu holen.
Bevor die Degossi ihre Tochter freigaben, machten sie ihr ihren Standpunkt klar.
«Du mußt wählen: wir oder er. Wenn du jetzt gehst, kennen wir dich nicht mehr.»

«Ich werde dort bleiben, bis du ein Auskommen gefunden hast ...»
Sieben Jahre lang hatte er verzweifelt versucht, auf einen grünen Zweig zu kommen. Aber immer wieder hatte ihm das Schicksal einen Streich gespielt. Fünf Jahre lang hatte er die Löcher jeweils mit dem Rest der Erbschaft gestopft und die Familie so recht und schlecht durchgebracht. Als dieses Geld aufgebraucht war, hatte der Jammer angefangen.
Seine Frau hatte bei den ersten Schwierigkeiten die Waffen gestreckt und sich an die Eltern gewandt.
Darauf hatten die Degossi gewartet gehabt.
«Entweder er oder wir. Solange du bei ihm bleibst, bekommst du von uns keine Lira.»
Auch sie war eine Degossi und hatte ihren Stolz. Dieser verbot es ihr, klein beizugeben, und sie hielt durch. Doch in dem Maße, in dem die wirtschaftlichen Schwierigkeiten wuchsen, wuchsen die Vorwürfe, die sie ihrem Mann machte.
Wenn die Meinen mir nicht helfen, ist das einzig seine Schuld, grollte sie.
Der Groll und die Ablehnung wuchsen und wandelten sich im Laufe eines einzigen Jahres immer mehr zu Haß.

Nachdem sie 1951 mit Müh und Not die weihnachtliche Klippe umschifft hatten, steuerten sie in rasantem Tempo dem Abgrund zu. Die Feindseligkeiten seiner Frau belasteten Gianni sehr, und er verlor seine innere Gelassenheit. Er gab seine Arbeit auf, die zwar schlecht bezahlt gewesen war, aber die Familie doch ernährt hatte. Nun war er darauf aus, schnell reich zu werden.
Es gibt immer wieder Menschen, die aus der Not der andern Gewinn schlagen. So lernte auch Gianni eines Tages einen Typ kennen, der ihm das Geschäft des Lebens vorschlug.
Um in das besagte Geschäft einsteigen zu können, mußte er sich finanziell daran beteiligen. Gianni trieb das nötige Kapital auf, und eine Woche später war er seinen Partner und das Geld los.
Die Degossi nutzten selbstverständlich seine Lage, um zur großen Offensive überzugehen. Sie schrieben pathetische Briefe und schickten alte, wortgewandte, getreue Freunde in einschlägiger Mission aus.
Der Brief, den Gianni immer wieder anstarrte, war nur kurz, doch die wenigen Worte sagten alles, was es zu sagen gab. Sie sagten unter anderem, daß die Degossi gesiegt hatten und daß Gianni ein gescheiterter Mann war.

Der Salon in der Villa Degossi war festlich geschmückt: überall Lichter und Blumen und neben dem gedeckten Tisch, auf dem das Kristall funkelte, der riesengroße, mit winzigen Wunderwerklein vollgehängte Weihnachtsbaum.
Sie hatten den Baum für die Luci geschmückt, und die Luci wußte die Geste zu würdigen, doch ließ sie sich von

all der Pracht nicht beirren. Das wurde allen deutlich, als Donna Degossi zu Tisch bat und, das Kommando übernehmend, den sechs Gästen die Plätze zuwies. Sechs, denn außer der Degossi-Tochter mit der ihr zugehörigen Luci waren auch der erfolgreiche Degossi-Sohn mit Gattin sowie der Bruder und Geschäftspartner des Degossi-Vaters, ebenfalls mit Gattin, anwesend.

Alle setzen sich auf die ihnen zugewiesenen Stühle. Aber als Donna Degossi die Operation mit den Worten: « ... und Luci hier neben die Großmama» abschloß, blieb die Luci in der Ecke stehen und sagte seelenruhig: «Ich warte, bis der Papa da ist.»

Darauf war niemand gefaßt gewesen, alle schwiegen betreten.

«Der Papa kommt später», erklärte Donna Degossi schließlich. «Wir warten bei Tisch auf ihn.»

Da die Luci dagegen nichts einzuwenden hatte, setzte sie sich umständlich zur Linken von Donna Degossi. Doch kaum saß sie auf ihrem Stuhl, musterte sie den Tisch und stellte sofort fest, daß etwas nicht stimmte.

«Wo ist Papas Platz?» fragte sie.

Der alte Degossi hätte ihr am liebsten geantwortet, der Platz ihres Papas sei in der Hölle. Donna Degossi wußte das und kam ihm zuvor.

Sie stand auf, warf einen prüfenden Blick auf die Gedecke und mimte Ungehaltenheit.

«Die Luci hat recht! Diese Schussel von Giustina hat für acht gedeckt statt für neun.»

Der Giustina wurden die Leviten gelesen, dann brachte sie das Nötige für das neunte Gedeck.

«Wo kommt es hin?» fragte sie Donna Degossi.

«Hier neben die Mama», erklärte die Luci.

«Richtig», pflichtete ihr Donna Degossi bei.
Nachdem das neunte Gedeck aufgelegt worden war, stahl sich die Luci ins Vestibül, wo sie ihre Tasche mit den Schulbüchern gelassen hatte.
Wenig später kam sie mit einem Briefumschlag zurück und legte ihn sorgfältig zwischen den Unterteller und den Eßteller des neunten Gedecks.
Auch das war etwas, an das niemand gedacht hatte, aber die Luci vergaß so etwas Wichtiges nicht.
Das Weihnachtsbriefchen ist für ein achteinhalbjähriges Mädchen eine Hauptsache. Etwas Wesentliches.
Wieder ratloses Schweigen, eine lange, bleischwere Stille, und wieder mußte Donna Degossi die Situation retten.
«Luci, ich finde, wir könnten, während wir auf den Papa warten, schon mal die Vorspeise essen. Was meinst du?»
Die Vorspeise interessierte die Luci nicht; für sie war nur wichtig, daß der Vater kommen und das, was sie ihm unter den Teller geschoben hatte, finden würde.
Da der, für den das neunte Gedeck bestimmt war, immer noch nicht erschien und nichts von sich hören ließ, fanden die andern, man könnte nach der Vorspeise weiteressen, das würde die Wartezeit verkürzen. Auch Luci war nicht abgeneigt, von den guten Dingen zu kosten. Diese Tatsache erfüllte Donna Degossi mit berechtigter Genugtuung, und sie flüsterte ihrer Tochter zu:
«Es ist alles auf bestem Weg. Du wirst sehen, in fünf Minuten hat sie vergessen, daß es den Lump überhaupt gibt. Ich kenne mich aus mit Kindern.»
Die Luci war in der Tat voll damit beschäftigt, all die Köstlichkeiten zu versuchen, die Donna Degossi ihr

unablässig auf den Teller legte, und schien alles andere vergessen zu haben.
Aber plötzlich fragte sie:
«Darf ich Pinchi anrufen?»
«Pinchi!» rief Donna Degossi aus. «Wer ist dieser Pinchi?»
«Der Sohn der Pförtnersfrau», erklärte ihr Lucis Mutter.
Donna Degossi schüttelte bekümmert den Kopf:
«Man darf nicht zulassen, daß sich ein kleines Mädchen aus gutem Haus mit Gassenjungen herumtreibt.»
«Die beiden sind zusammen aufgewachsen und von der ersten Klasse an zusammen in die Schule gegangen», rechtfertigte sich Lucis Mutter.
«Darf ich Pinchi anrufen?» fragte Luci noch einmal.
«Was hast du ihm um diese Zeit so Wichtiges zu sagen?» wollte Donna Degossi wissen.
«Ich muß ihm des Kanarienvogels wegen Anweisungen geben», erklärte die Luci. «Wir ziehen heimlich einen Kanarienvogel auf, den wir später zum Überbringen von Botschaften abrichten wollen.»
Das beste war, dem Kind nicht zu widersprechen. Es war sogar gut, wenn es auf andere Gedanken kam.
«Telefonier diesem Pinchi nur», erklärte Donna Degossi daher großzügig.
Das Telefon stand in der Nähe auf einem kleinen Tischchen.
Die Luci wählte mit sichern, bestimmten Bewegungen die Nummer.
«Pinchi? ... Luci. Hamste dumste meinste Pamstepamste gemstesehmste?»
Die Kleine sprach so schnell, daß es klang, als sage sie

ein einziges närrisches Wort. Der alte Degossi schaute verwirrt auf.
«Was, zum Teufel, schwafelt die da?»
«Das sind Spielchen der Kinder von heute», belehrte ihn die Tochter. «Sie haben eine Geheimsprache, die nur sie verstehen.»
«Gangstersitten», brummte der alte Degossi finster. «Man darf ein kleines Mädchen nicht dem Abschaum der Gesellschaft überlassen.»
«Genau das habe ich auch gesagt», pflichtete ihm Donna Degossi bei. «Man muß das Kind da rausholen. Wir werden es in eine Privatschule schicken.»
Unterdessen redete die Luci hastig weiter.

Pinchi hörte aufmerksam zu. Die Seinen hatten das Essen beendet und saßen aufgekratzt zusammen mit Freunden am Tisch, tranken Wein und redeten lautstark aufeinander ein. Das Telefon stand in der entferntesten Ecke des Zimmers, und Pinchi konnte sprechen, ohne daß jemand seiner achtete.
«Dreimste zweimste zweimste achtste sechste dreimste?» fragte er auf einmal.
Er erhielt die Bestätigung, sagte «okay» und hängte auf. Niemand nahm Notiz von ihm. Er schlich aus der Pförtnerwohnung und hastete die Treppe hinauf.
Als er im siebten Stock auf dem Zwischenpodest anlangte, schlug ihm das Herz bis zum Hals hinauf. Er preßte das Ohr an die Tür der Maloi. Dann warf er sich zu Boden und legte das Ohr auf die kalten Bodenfliesen. Die Wohnung der Maloi schien ausgestorben.
Vorsichtig öffnete er das Fenster zum Hof und lehnte sich hinaus. Die gläserne Küchentür der Maloi war links,

doch konnte man sie vom Fenster aus nicht sehen, da sie, einen Meter zurückversetzt, auf einen Balkon führte.
Pinchi schaute zur Balkonbrüstung hinüber und gewahrte einen Lichtschein auf den Betonsäulchen.
Das bedeutete, daß in der Küche der Maloi das Licht brannte, mehr nicht. Es hieß nicht, daß jemand in der Küche war.
Zudem hatte die Luci präzise Weisungen gegeben. «Es ist sehr wichtig ... Sieh nach, ob er da ist und was er macht, und dann ruf an.»
Pinchi war nicht nur ein Junge, er war zudem ein Jahr älter als Luci – er war ein Jahr vor ihr in die Schule eingetreten und hatte einen Halt eingeschaltet und auf sie gewartet: Er durfte keine Angst haben.
Vom äußern Ende der Fensterbank führte ein massives Betongesims zum Balkon und bildete dort den obern Abschluß der Brüstung. Neunzig Zentimeter tiefer verlief parallel ein zweites Gesims.
Pinchi zögerte keine Sekunde.
Er ließ sich aus dem Fenster gleiten. Seine Füße fanden auf dem untern Gesims Halt, mit den Händen klammerte er sich an das oberste Gesims und begann seine halsbrecherische Klettertour.
Vier Meter waren zurückzulegen, die viertausend Kilometern gleichkamen, denn tief unter ihm lag der Hof: ein gähnendes, schwarzes, bodenloses Loch.
Auf halbem Weg rutschte Pinchi ein Fuß weg, und der Junge durchlebte einige Schreckenssekunden. Aber er faßte sich wieder und erreichte den Balkon.
Nun konnte er durch die Jalousien spähen und alles, was Luci wissen wollte, genau abklären.

Danach nahm er den luftigen Rückweg unter die Füße, und als der liebe Gott ihn heil zurück ins Treppenhaus geleitet hatte, war Pinchi mit Fug und Recht mit sich zufrieden.
Wieder unten, konnte er sich unbemerkt zurück in die Pförtnerwohnung schleichen. Dort ging er, ohne daß jemand seiner achtete, zum Telefon.
Es wurde ein recht langes Gespräch, denn die Luci wollte alles von A bis Z bis in jede Einzelheit wissen und gab ihm danach genauste Anweisungen für eine heikle, komplizierte Operation.
In der Pförtnerwohnung kümmerte sich niemand um Pinchi. Er verließ sie, nachdem er den Hörer aufgelegt hatte, wiederum unbemerkt und holte ungehindert sein Fahrrad unter der Treppe hervor.
Fünf Minuten später radelte er durch die menschenleere Straße. Der heftige Wind hatte sich nicht gelegt. Pinchi mußte sich immer wieder vom Sattel hochziehen und mit dem ganzen Gewicht auf die Pedale stehen, um die in unregelmäßigen Abständen mit tückischer Wucht gegen ihn anlaufenden Sturmböen zu meistern.
Er kannte sich in der Gegend aus und fand die Straße mühelos. Die Villa Degossi lag in einem herrschaftlichen Viertel am äußersten Stadtrand. Sie stand mitten in einem parkähnlichen Garten, der von einem hohen Eisenzaun umschlossen war.
Es war eine gute halbe Stunde Weg.
Damit die Seinen nicht argwöhnisch würden, hatte Pinchi keinen Mantel übergezogen; trotzdem schwitzte er, als er bei der Villa Degossi anlangte: teils der Anstrengung wegen, teils aus Angst.
Er hatte nicht gezittert, als er sich hoch über dem Hof

auf dem schmalen Gesims über die Hausmauer getastet hatte, obwohl es ein gefahrvolles Unterfangen gewesen war. Aber was er jetzt vorhatte, konnte weit verhängnisvoller enden.
«Entführung einer Minderjährigen» – die Zeitungen berichteten immer wieder von solchen Fällen und qualifizierten sie als schweres Verbrechen.
Er zögerte einen Augenblick, flehte Gott an, er möge ihm helfen und miaute schließlich. Miauen war Pinchis Stärke, er konnte es so gut, daß die Katzen vor Neid erblaßten.
Er drückte sich in einen dunklen Winkel und wartete.

Nach wenigen Minuten ging im Erdgeschoß ein Licht an. Ein Fensterflügel wurde aufgestoßen, und etwas Schwarzes ließ sich langsam vom Fenstersims in den Garten gleiten.
Die Eisenstäbe des Zaunes liefen oben zu spitzen Stacheln aus, aber Pinchi war zur Stelle, und die Luci überkletterte sie, ohne sich die Haut nur ein klein wenig aufzuritzen.
Nun galt es, in Windeseile zu verschwinden. Die Luci setzte sich auf die Fahrradstange, Pinchi schwang sich auf den Sattel, und schon sausten sie davon.
Pinchi strampelte sich das Herz aus dem Leib und keuchte und pustete bald wie eine Dampflokomotive. Als sie die Hälfte des Weges zurückgelegt hatten, ordnete die Luci daher einen Zwischenhalt an.
Sie verschnauften im Lichtkegel einer Straßenlampe, denn, wenn wir offen sein wollen, fürchteten sie sich in der öden Dunkelheit. Als Pinchi wieder zu Luft gekommen war, klaubte er ein Päckchen unter dem Sattel, wo

er es festgezurrt hatte, hervor und reichte es der Entführten.
«Da.»
«Für mich?»
Die Luci löste das Band, entfernte das Blümchenpapier und öffnete das Schächtelchen. Im Schächtelchen lag das vielleicht Schönste, das es auf der Welt gab: das französische Püppchen, das die Luci und ihre Freundinnen von der Bande immer wieder bestaunt hatten.
«Sie ist wunderschön!» rief die Luci aus. «Aber du hättest sie nicht kaufen sollen, sie war zu teuer.»
«Ich habe in den letzten Tagen unheimlich viele Telegramme und Pakete austragen können und immer Trinkgeld bekommen.»
Als die erste Begeisterung verflogen war, wurde die Luci traurig.
«Ich habe das, was ich dir gerne gekauft hätte, nicht kaufen können und dir nur diese Kleinigkeit gemacht.»
«Frauen sollen nicht Geld für Geschenke für Männer ausgeben», erklärte Pinchi weise. «Es reicht, wenn sie sich über die Geschenke freuen, die die Männer ihnen machen.»
Lucis Päckchen für Pinchi war winzig. Darin war ein grünes Taschentuch, in das sie mit rotem Garn, so gut sie es konnte, etwas eingestickt hatte.
«Unser Geheimzeichen», staunte Pinchi. «Ich finde es wunderschön. Du hast es gut getroffen ...»
Ein Verdacht trübte seine Freude.
«Luci, hast du Toni, Giulio und den andern auch eines gemacht?»
«Nein, Pinchi, nur dir, und ich werde auch niemandem sonst eines machen.»

Gianni hatte sich nicht gerührt: Er war am Küchentisch sitzen geblieben und hatte nachgedacht und gegrübelt. Es mußte einen Ausweg geben. Er mußte ihn finden. Nachdem er verzweifelt gesucht hatte, sah er ihn mit einem Mal deutlich vor sich.
Die Degossi haben gesiegt, sagte er sich. Sie haben mir alles genommen. Sie haben meine Frau zu sich zurückgeholt und mir das Kind geraubt. Ich bin erledigt. Jeder Kampf ist sinnlos geworden. Ich bin so allein wie ein streunender Hund. Ich bin dreißig, aber es ist als wäre ich sechzig. Die Kinder sind die Zukunft der Menschen: Mit der Luci haben sie mir auch meine Zukunft genommen. Ich werde daher einen Strich unter die Vergangenheit machen.
Er erhob sich, ging ins Schlafzimmer, kramte im untersten Schrankfach und fand, was er suchte: die Beretta Kaliber 9, die ihm wie durch ein Wunder nie abgenommen worden war.
Kein Mensch konnte im Konzentrationslager eine Waffe behalten, das war unmöglich: Wenn Gott das Unmögliche hatte geschehen lassen, war das ein Zeichen.
Gianni kontrollierte die Waffe, nahm das Magazin heraus und legte es wieder ein. Alles funktionierte: Es galt einzig noch den Mut zu finden, die Pistole auf sich zu richten und abzudrücken.
Die Feigheit, korrigierte sich Gianni innerlich.
Er hing dem Gedanken nach, und während er sinnierte, verlor die Pistole, die er mit beiden Händen umklammerte, allmählich die eisige Stahleskälte.
Er setzte sich wieder an den Küchentisch.
Es schien ihm der beste Ort, um Schluß zu machen. So muß sich der, der mich finden wird, nicht lang den Kopf

über das Wie und Warum zerbrechen. Der Zettel wird ihm alles sagen.
Er las die wenigen Zeilen noch einmal. Es wird sich nichts ändern. Sie wird, auch nachdem ich den Ausweg in diesem Pistolenlauf gefunden habe, mit dem Kind dortbleiben.
Er legte die Laufmündung an die Schläfe. Nun fühlte er sich feige genug, abzudrücken.
In diesem Augenblick klingelte es an der Tür.
Gianni fuhr in die Höhe, als wäre er beim Stehlen ertappt worden, und vergrub die Waffe instinktiv in der Rocktasche. Es klingelte noch einmal. Gianni mußte aufstehen und aufmachen.
Die Luci stand vor ihm.
«Wie kommst du hierher?» Seine Stimme klang unsicher.
«Ich bin getürmt», erklärte das kleine Mädchen, als wäre das das Natürlichste der Welt.
«Du bist ganz allein hierher zurückgekommen?»
«Nein, Pinchi hat mich mit dem Fahrrad hergefahren ... Ich habe auf dich gewartet, und als du nicht gekommen bist, habe ich Pinchi angerufen. Er hat nachgeschaut, ob du da bist und hat mir Bericht gegeben ...»
Während sie weitererzählte, kramte sie in der Schublade des Küchenbüffets.
«Pinchi ist gewitzter als er aussieht. Er hat als Kundschafter ganze Arbeit geleistet. Er ist nämlich zum Treppenfenster hinausgestiegen und über das Gesims zu unserem Balkon geklettert. Von dort aus hat er gesehen, daß du da bist und nachdenkst.»
Gianni sprang auf. Der kalte Schweiß stand ihm auf der Stirn.

«Das ... das hat Pinchi wirklich gemacht?» stammelte er. «Er hätte ausrutschen können, dann wäre er im Hof zerschmettert.»
«Pinchi weiß, was er macht», beruhigte die Luci ihn.
Gianni ließ sich auf den Stuhl fallen. Das Grauen schnürte ihm die Kehle zu. Er vergegenwärtigte sich, was Pinchi für ihn getan hatte, und kam sich vor wie ein Wurm, wie ein feiger, verachtenswürdiger Hund.
Die Luci hatte den Tisch freigemacht und deckte auf.
«Auch meine Flucht war schon was: Ich bin zum Badezimmerfenster hinausgesprungen. Aber zuerst habe ich das Wasser aufgedreht, damit sie glaubten, ich wüsche mich. Nachher bin ich über den Eisenzaun geklettert ...»
«Luci! Du bist über den Eisenzaun geklettert?!» rief Gianni entsetzt aus. «Über den Eisenzaun mit den vermaledeiten Stacheln, die einem schon beim Ansehen Schauer über den Rücken jagen!»
Die Luci zündete die Gasflamme an und setzte eine kleine Bratpfanne auf.
«Der Reis von heute», erklärte sie. «Dein Reis von heute mittag ... Nachher gibt es Streichkäse und ein hartgesottenes Ei. Am Heiligen Abend wird fleischlos gegessen.»
Sie stellte einen Unterteller und einen Suppenteller vor ihn hin. Gianni starrte sie, vom Weiß geblendet, reglos an.
«Sie sind staubig», behauptete die Luci. «Du solltest sie mit der Serviette abreiben.»
Das war nicht sehr elegant, aber da die Mutter nicht da war und auch sonst keine andere Frau zugegen war, mußte sie ihn daran erinnern, daß Väter am Heiligen

Abend den Teller mit der Serviette auszureiben haben. Gianni griff mit der Linken nach dem Teller und mit der Rechten nach der Serviette.

Nun entdeckte er unter dem Teller eine mehrfach zusammengefaltete, vollgekritzelte Heftseite.

«Das ist der Sudel», entschuldigte sich die Luci. «Die Abschrift habe ich dir bei den Großeltern unter den Teller gelegt. Als ich begriffen habe, daß du nicht kommen würdest, habe ich ihn nicht wieder wegnehmen können.»

Es klingelte. Die Luci lief zur Wohnungstür.

Es war Pinchi, der ihr zu verstehen gab, daß er eine vertrauliche Meldung zu machen hatte.

Die Luci trat ins Treppenhaus hinaus.

«Deine Mama ist am Telefon», berichtete Pinchi leise. «Sie will wissen, ob du hier bist. Was soll ich sagen?»

«Ich sei hier und bliebe hier.»

«Okay, Luci.»

Das kleine Mädchen ging in die Wohnung zurück und sah in der Küche nach dem Reis.

«Wer ist es gewesen?» wollte Gianni wissen.

«Pinchi. Es war für mich.»

Das kleine Mädchen redete weiter, und der Vater hörte ihm zu, unfähig etwas zu unternehmen oder ein Wort zu sagen. Seine Augen hingen wie gebannt an dem auf dem schneeweißen, blitzenden Teller ausgebreiteten Weihnachtsbrieflein. Das kleine Mädchen stellte den Reis auf den Tisch.

«Iß jetzt.»

Wieder klingelte es. Diesmal lange, schrill, böse und gebieterisch. Dann polterte jemand gegen die Tür.

Das rüttelte Gianni wach, er stand auf und öffnete:

Draußen standen finster und drohend die drei Degossi.
«Wir holen das Kind zurück», erklärte der Degossi-Vater.
«Wenn das Kind hierbleiben will, wird es niemandem gelingen, es mir wegzunehmen», erwiderte Gianni.
«Was willst du ihm zu essen geben?» höhnte der erfolgreiche Degossi-Sohn. «Platanenblätter?»
«Wenn du fähig bist, Platanenblätter zusammenzulesen», stichelte der Degossi-Onkel, in dieselbe Kerbe hauend.
Der Degossi-Vater ging auf die Luci zu, die sich in einen Winkel neben dem Kochherd gedrückt hatte, und nahm sie am Arm.
Aber die Luci riß sich los und versteckte sich hinter dem Vater. Jetzt geriet der Degossi-Vater in Fahrt.
«Geh mir aus dem Weg und überlaß mir das Kind, sonst breche ich dir alle Knochen!»
Er ging mit geballten Fäusten auf Gianni los, und auch die beiden andern setzten sich in Bewegung.
Gianni fühlte das Gewicht der Beretta in der Tasche. Ohne zu wissen wie, hatte er sie in der Hand.
«Hinaus, oder ich schieße!»
Die drei Degossi traten den Rückzug an, aber bevor sie die Wohnung verließen, rief der Degossi-Vater drohend:
«Wir werden sie dir wegnehmen, und wenn ich den Juristen zehn Millionen auf den Tisch blättern muß! Ich werde dafür sorgen, daß du ins Gefängnis kommst!»
Der Degossi-Clan zog ab. Gianni blieb wie angewurzelt stehen. Er hatte die Pistole immer noch auf die Tür gerichtet und kochte innerlich vor Wut.
Doch unvermittelt meldete sich die Angst.

Sie werden sie mir wegnehmen. Alle werden gegen mich sein. Sie werden mich für verrückt erklären, für unzurechnungsfähig, und sie werden sie mir wegnehmen.

Er mußte fliehen.

Er hatte keine Lira in der Tasche, aber er mußte fliehen!

Lucis Mäntelchen und ihr Mützchen waren in der Villa Degossi geblieben. Gianni kramte fieberhaft im Schrank und in den Schubladen der Kommode. Er fand einen dicken Pullover und ein Halstuch. Abgetragene Sachen, Lumpen. Egal, er mußte mit Luci fliehen, nur das zählte.

Wieder ging er durch die breite, menschenleere Straße. Der Wind hatte nachgelassen, und die ersten Schneeflocken wirbelten durch die Luft.

Das Kind tänzelte, seine Hand umklammernd, neben ihm her. Es war freudig erregt. Der Gedanke, in Verkleidung zu fliehen, gefiel ihm sehr.

Sie erreichten das Rondell am Ende der Straße, gingen durch die Unterführung und gelangten über den Feldweg an den Kanal.

Gianni griff automatisch in die Taschen und suchte nach Zigaretten. Dabei stieß er auf die Pistole.

Er warf sie in das schwarze Wasser und ging weiter.

Der Weg führte dem Kanal entlang. Gianni überquerte die erste Brücke und erreichte nach einem halben Kilometer die asphaltierte Überlandstraße.

Er wußte nicht, wohin diese Straße führte, er wußte nur, er mußte weitergehen.

Es war niemand mehr unterwegs, die Straße verschwand allmählich unter einer Schneedecke. Gianni fühlte, wie seine Füße naß wurden. Bangen Herzens überlegte er, daß auch Lucis kleine Schuhe voll Wasser sein mußten.

Er hob sie hoch und nahm sie Huckepack auf die Schultern.

Nach einem weitern halben Kilometer versperrte ihnen ein Hindernis den Weg. Ein großes Auto stand mit abgestelltem Motor am Straßenrand. Es interessierte Gianni nicht, er machte einen Bogen darum und ging weiter. Nach einigen Schritten befand er sich plötzlich im Lichtkegel der Scheinwerfer des Autos. Instinktiv drehte er sich um.

«Junger Mann!» rief ihn eine kräftige Stimme an.

Gianni machte kehrt. Im Auto war die Innenbeleuchtung angezündet worden. Es saßen zwei Leute darin: ein distinguierter Herr und eine elegante Dame um die fünfundfünfzig.

Die beiden trauten Gianni nicht recht, aber das frische, liebreizende Gesicht der Luci zerstreute ihre Zweifel.

«Junger Mann, ich habe einen Reifendefekt und bin hilflos, weil ich mir kürzlich das Handgelenk verstaucht habe. Wenn Ihr mir helft, könnt Ihr Euch nicht nur eine angemessene Entschädigung verdienen, Ihr erweist mir gleichzeitig einen großen Dienst», erklärte der Herr.

Gianni überlegte keinen Augenblick – der liebe Gott hatte ihm diese Arbeit geschickt.

«Lassen Sie das Kind unterdessen hier bei uns an der Wärme.»

Es schneite nun in dichten Flocken. Gianni trug keinen Mantel, und sein Rock war völlig durchnäßt, aber er scherte sich nicht darum.

Radwechseln war unter diesen Bedingungen ein mühsames Unterfangen – der Wagenheber drohte auf dem feuchten Straßenbelag wegzurutschen, aber Gianni schaffte es im Handumdrehen.
«Das wäre erledigt.» Er trat an die Autotür.
Der Herr steckte ihm eine gefaltete und wieder gefaltete Note zu. Trotz des spärlichen Lichtes erkannte Gianni sofort, daß es ein Zehntausendlireschein war.
«Sie retten mir das Leben», entfuhr es ihm.
Die Luci war in der wohligen Wärme eingedöst. Als Gianni sie aus dem Fond heben und wieder auf die Schultern nehmen wollte, hielt die Dame ihn zurück.
«Das ist unverantwortlich! Es ist kalt und schneit. Das Kind hat nasse Füße. Es holt sich den Tod.»
«Wir können Euch mitnehmen», brummte der Herr. «Wohin wollt Ihr?»
«Ich weiß es nicht», erwiderte Gianni. «Aber ich muß fort von hier.»
«Habt Ihr getrunken?» erkundigte sich die Dame.
«Nein ... ich habe nichts getrunken und nichts gegessen. Es ist schwierig zu erklären ... Die Eltern meiner Frau wollen mir das Kind wegnehmen ... Aber machen Sie sich keine Sorgen, ich habe ja jetzt Geld. Es ist alles in Ordnung. Gute Nacht und frohe Weihnacht.»
Gianni hob seine Last auf die Schultern und nahm den Weg wieder unter die Füße. Mehr noch als die zehntausend Lire war es die Begebenheit an sich, die ihm neuen Mut gab.
Der liebe Gott hatte ihm geholfen. Er hatte ein Wunder geschehen lassen. Ein Auto, das von einem Herrn mit einem verletzten Handgelenk gefahren wurde, hatte ausgerechnet hier eine Panne gehabt. Das konnte nur

ein Wunder sein. Fünf Minuten später überholte das Auto ihn. Aber als er weitere zwanzig Schritte gegangen war, stand es wieder vor ihm auf der Straße.
«Junger Mann!»
Gianni trat an die Wagentür.
«Was ist das für eine Geschichte von den Leuten, die Euch das Kind wegnehmen wollen?» fragte der Herr mißtrauisch. «Ich habe es nicht gerne, wenn man mir Märchen erzählt. Könnt Ihr überhaupt beweisen, daß das Kind Eure Tochter ist? Habt ihr Papiere?»
«Meine ja», stammelte Gianni.
«Wie heißt das Kind?»
«Luci.»
Nun mischte sich die Dame ein.
«Luci, wo ist dein Vater?»
«Unter mir», erwiderte das Kind.
«Und deine Mama, wo ist sie?»
«Bei den Großeltern. Ich bin auch dort gewesen, aber als ich gesehen habe, daß mein Babbo nicht kommt, bin ich getürmt.»
«Das klingt wenig glaubhaft, auch wenn das Kind es sagt», brummte der Herr. «Es könnte immerhin sein, daß man ihm die Geschichte eingetrichtert hat ... Könnt Ihr autofahren?»
Gianni bejahte es.
«Bettet das Kind zu meiner Frau auf den Rücksitz, und setzt Euch ans Steuer. Aber keine Mätzchen, ich bin bewaffnet.»
Gianni übergab das Kind der Dame, schüttelte den Schnee ab, zog den durchnäßten Rock aus und setzte sich ans Steuer.
Nun konzentrierte er sich ganz aufs Fahren. Es war ein

wunderbares Auto und es zu lenken eine Freude. Der Herr ließ Gianni keine Sekunde aus den Augen. Er war ein kräftiger, energischer Mann, der, selbst mit einem lädierten Handgelenk, weit stämmigeren Burschen, als Gianni einer war, Respekt eingeflößt hätte.
Nach fünf oder sechs Kilometern sagte der Herr:
«Die nächste rechts. Vorsicht, die Chaussee ist trügerisch.»
Die Strasse führte mitten durch die Felder. Nach weiteren vier Kilometern zweigten sie noch einmal rechts ab und hielten nach fünfhundert Metern vor einem großen Tor an.
Dreimaliges Hupen öffnete das Portal.
Der Herr und die Dame stiegen aus und nahmen das schlafende Kind auf die Arme.
«Laßt Euch vom Gärtner den Weg zeigen und kommt, wenn Ihr den Wagen in die Garage gefahren habt, auch ins Haus.»

Gianni stand im großen Wohnzimmer eines im neunzehnten Jahrhundert erbauten Herrschaftshauses.
Der Herr und die Dame betrachteten die Luci, die sie aus den verschlissenen Kleidern herausgeschält hatten, mit großen Augen. Sie hätten nie gedacht, daß sich in dem Lumpenbündel ein so reizendes Wesen versteckte.
Sie verglichen das Kind mit dem angeblichen Vater, der auch ohne Rock und bei Licht keine merklich bessere Figur machte.
«Er ist zerlumpt und unrasiert», flüsterte die Dame ihrem Gatten ins Ohr, «aber er sieht nicht aus wie ein Schurke. Im Gegenteil, wenn ich ihn genau ansehe ... Ich weiß nicht, was er an sich hat ... an wen er mich erinnert ...»

Der Herr traute Gianni immer noch nicht.
«Ihr wollt also der Vater dieses entzückenden kleinen Mädchens sein?» begann er von neuem. «Und wie sagt Ihr, daß Ihr heißt?»
«Maloi ... Maloi Giovanni, dreißig Jahre alt, arbeitslos und jetzt auch ohne festen Wohnsitz», erwiderte Gianni mit einem traurigen Lächeln.
«Und wie ist der Name Eurer Frau?»
«Lassen wir das.»
«Warum?»
«Ich möchte nicht, daß Sie dort anrufen und sagen, ich sei hier.»
«Und was geschieht, wenn ich statt dessen die Polizei verständige?»
«Nichts. Sie würden dumm dastehen, das ist alles.»
Die Dame konnte die Augen nicht von Gianni losreißen. Wenn Frauen etwas auf dem Herzen haben, können Sie nicht schweigen. Darum sagte sie jetzt:
«Junger Mann, ich habe Euer Gesicht schon irgendwo gesehen.»
Gianni zuckte die Schultern.
Die Dame fragte nicht weiter.
Der Herr dagegen war entschlossen, der Sache auf den Grund zu gehen.
«Eure Geschichte überzeugt mich nicht. Es geht um ein Kind. Möglicherweise seid Ihr wirklich sein Vater, aber es stimmt etwas nicht, wenn ein Vater in der Weihnachtsnacht mit seinem Kind über die Landstraße zieht. Sagt die Wahrheit: Habt Ihr irgendeine Dummheit gemacht? Seid Ihr ganz sicher, daß Ihr Eurer Frau kein Unrecht getan habt?»
«Nein», gestand Gianni. «Ich habe ihr einen schlechten

Dienst erwiesen, als ich sie geheiratet habe. Alles in allem wäre es besser gewesen, ich wäre in Polen geblieben.»

«Ihr seid in Polen gewesen?» fragte die Dame.

«Ja, wie viele andere auch. Die einen sind zurückgekommen, die andern nicht. Doch lassen wir dieses traurige Kapitel.»

«Für die, die zurückgekehrt sind, ist es kein trauriges Kapitel.»

Gianni lächelte.

«Wenn Sie in mich hineinsehen könnten, würden Sie merken, daß das Gegenteil zutrifft. Es ist nicht einmal nötig, in mich hineinzusehen – wo und wie Sie mich angetroffen haben, sagt alles.»

Die Dame ließ nicht locker.

«Seid Ihr Soldat oder Offizier gewesen?»

«Leutnant bei einer Panzereinheit.»

«Leutnant bei einer Panzereinheit», brummte der Herr.

Gianni glaubte, Zweifel herauszuhören. Er zog die Brieftasche hervor und entnahm ihr ein Foto.

«Hier haben Sie den Beweis dafür.» Er reichte das Bild dem Herrn. «Eine Gruppe Offiziere in Uniform. Der dritte von links bin ich.»

Die Dame starrte wie gebannt auf das Foto, das sie ihrem Mann aus der Hand genommen hatte.

«Und der, der Euch den Arm um die Schulter legt, wer ist das?» fragte sie erregt.

«War, Signora. Er war mein bester Freund. Wir sind zusammen in der Offiziersschule gewesen. Wir haben zusammen den ersten Dienst geleistet und sind zusammen gefangengenommen worden. Er war ein Haudegen, ein Draufgänger, der vor nichts zurückschreckte. Als wir in Polen von einem Lager in ein anderes verlegt wurden, hat er mich zur Flucht überredet. Wir sind entdeckt worden. Sie haben das Feuer eröffnet und eine Salve hat ihn voll getroffen. Ich bin unter dem Kugelregen zu ihm gelaufen und habe ihn in das nahe Wäldchen geschleppt. Gott hatte mich zum Weiterleben und meinen Freund zum Sterben verurteilt. Er hat mich erkannt, bevor er das Leben ausgehaucht hat und hat gelächelt. Er hat im Sterben von Duchessen und Commendatoren geredet ... Er hat phantasiert ...»

«Er hat nicht phantasiert», sagte die Dame. «Nicht wahr, Commendatore?»

«Ja, du hast recht, Duchessa», erwiderte ihr Gatte. «Carlino ist immer zum Scherzen aufgelegt gewesen. Er hat uns diese Titel gegeben, um uns aufzuziehen.»

Quälende Beklemmung schnürte Gianni die Kehle zu.

«Sie hätten mich meines Weges gehen lassen sollen», preßte er mühsam hervor.

«Nein», widersprach ihm die Dame bestimmt. «Ich bin froh, daß ich darauf beharrt habe, daß mein Mann Sie mitnimmt.»

Sie gab Gianni das Foto zurück.

«Behalten Sie es. Es hat auf der Rückseite eine von ihm geschriebene Widmung», sagte dieser.

«Ich habe es schon. Auf meines haben Sie hinten eine Widmung darauf geschrieben ‹Von Gianni für Carlino›. Ich habe gewußt, daß ich Ihr Gesicht schon irgendwo gesehen hatte.»

Der Herr schwieg und zog kräftig an seiner Zigarre.

«Ich habe es gefühlt, noch bevor ich Sie gesehen habe», fuhr die Dame fort. «Er fühlt solche Dinge nicht. Wir kommen jedes Jahr an Weihnachten hierher, um mit

unserem Carlino allein zu sein ... Ich habe gewußt, daß einmal irgend etwas geschehen würde ...»
Der Herr ließ ein Grunzen hören.
«Gehen Sie, rasieren Sie sich», forderte die Dame Gianni auf. «Ich lege Ihnen einen ordentlichen Anzug bereit.»
Die Dame stieg Gianni voran die Treppe hinauf, und der Herr blieb mit sich und seiner dicken Zigarre allein.
Als die Dame herunterkam, erschien auch die Luci wieder, die von einem Stubenmädchen weggebracht worden war, gewaschen, herausgeputzt und hellwach.
«Darf ich Pinchi anrufen?»
«Wer ist Pinchi?» fragte die Dame.
«Der Vizechef.»
«Was du nicht sagst», brummte der Herr. «Der Vizechef wovon?»
«Von unserer Bande. Der Bande der Volpe Rossa, der Roten Füchsin.»
«Und was macht diese Bande?»
«Geheime Sachen. Gegenspionage, Nachforschungen. Wir suchen einen Schatz. Es wimmelt von Spionen, man kann nicht vorsichtig genug sein. Wir haben ein Kennwort und einen Geheimcode, um uns zu verständigen ... Darf ich Pinchi anrufen?»
«Es ist schon spät», gab die Dame zu bedenken. «Du kannst ihn morgen anrufen.»
«Nein. Ich muß ihm sofort meinen Standort mitteilen, damit er mich erreichen und meine Weisungen einholen kann, wenn etwas passiert.»
«Du sagst, was zu geschehen hat! Demnach bist du eine große Nummer in der Bande», rief der Herr aus.
«Nun, man sollte es nicht sagen: Ich bin der Chef ... Darf ich Pinchi anrufen?»

Sie erlaubten ihr, Pinchi anzurufen, und sie redete lange in ihrer Geheimsprache auf ihn ein. Unvermittelt wandte sie sich dem Herrn und der Dame zu.
«Sind wir morgen hier?»
«Gewiß. Morgen und übermorgen. Dann fahren wir zusammen in die Stadt zurück», erklärte der Herr bestimmt.
Die Luci erkundigte sich nach dem Namen des Ortes, nach der Distanz und so weiter. Sie gaben ihr die gewünschten Auskünfte, und sie leitete sie codiert weiter. Als sie den Hörer aufgelegt hatte, verkündete sie:
«Pinchi kommt morgen nachmittag mit dem Fahrrad zum Rapport hierher.»
«Wie will er das schaffen bei diesem Schnee? Es sind über zehn Zentimeter gefallen», sagte der Herr zweifelnd.
«Pinchi ist ein Tausendsassa», erklärte die Luci. «Zudem sind die Befehle des Chefs ohne Widerrede auszuführen. Pinchi wird morgen hier sein. Ich will ihm offiziell mein Lob für die Operation von heute abend aussprechen.»
Die Luci berichtete dem entsetzten Paar von der Operation Gesimskletterei und der Operation Entführung.
«Die sind allesamt übergeschnappt!» rief die Dame aus, als die Luci fertig war. «Man darf sie keine Sekunde aus den Augen lassen, sonst bringen sie sich und andere in Gefahr. Diese Leute gilt es zu beobachten.»
«Ich bin ganz deiner Meinung», pflichtete ihr der Herr bei.
«Wenn du mich frägst ...», fuhr die Dame fort, hielt aber sofort inne, da die Erscheinung auf der Treppe ihre ganze Aufmerksamkeit auf sich zog.
«Schau ...», bedeutete sie ihrem Gatten erregt.

Gianni kam herunter: rasiert und gewaschen, in einem von Carlinos Anzügen. Er sah aus, als wäre er jemand anderes geworden: Carlino.
Der Herr fühlte, wie die Fingernägel seiner Gattin sich in seine Achseln gruben.
«Ich habe gewußt, daß es richtig ist, Weihnachten hier zu verbringen. Ich habe gefühlt, daß etwas Ungewöhnliches geschehen würde.»
Eine alte Magd, die sich wie ein Geist durch die Zimmer bewegte, meldete, das Essen sei aufgetragen.
«Wir essen am Heiligen Abend sehr spät», erklärte die Dame und ging auf die Eßzimmertür zu. «Jede Familie hat ihre Sitten.»
«Bei Pinchi wird am Heiligen Abend punkt acht gegessen», berichtete die Luci.
«Mir scheint, du interessierst dich allzu sehr für diesen Pinchi», foppte die Dame sie.
«Der Chef muß über seine Leute genau Bescheid wissen», erklärte die Luci unbeirrt.
Gianni sah Luci an, und die Verzweiflung übermannte ihn von neuem.
«Sie werden sie mir wegnehmen», stöhnte er. «Sie werden Mittel und Wege finden, sie mir wegzunehmen.»
«Das können sie nicht», erklärte die Dame kategorisch.
«Die Degossi können mit einem armen Schlucker wie mir machen, was sie wollen.»
«Gegen jemanden wie mich vermögen die Degossi gar nichts!» rief der Herr aus und schlug mit der Faust auf den Tisch.
«Ich ...», stammelte Gianni.
«Du schweigst und ißt», befahl der Herr gebieterisch.
Er sagte du zu Gianni, denn ihm war, als kenne er ihn

seit dreißig Jahren, als wäre dies der Junge gewesen, dem er ab und zu eine Kopfnuß gegeben hatte.

Wie in allen Märchen wirbelte auch jetzt der Schnee vom schwarzen Himmel: Es war die Nacht der Wunder, die Nacht des sich Wiederfindens.
In der Weihnachtsnacht ist nichts unmöglich: Als sie beinahe fertig waren mit Essen, klingelte das Telefon. Das Hausmädchen nahm den Hörer ab und berichtete der Herrschaft:
«Ein gewisser Pinchi möchte eine gewisse Luci sprechen.»
Die Luci stürzte zum Apparat, riß den Hörer an sich und hörte mit ernstem Gesicht zu. Schließlich legte sie die Hand auf die Sprechmuschel und sagte:
«So wie es aussieht, ist die Mama auch von den Großeltern getürmt. Sie ist jetzt allein oben in unserer Wohnung. Pinchi will wissen, was er tun soll.»
«Er soll nach oben gehen und deiner Mutter sagen, sie solle ein Auto auftreiben, das sie hier heraus fährt», sagte der Herr. «Sie soll sich beeilen, wenn es so weiter schneit, kommt sie bald nicht mehr durch.»
Die Luci leitete die Anweisungen in ihrer Geheimsprache an Pinchi weiter, was den Herrn ganz aufbrachte.
«Zum Teufel, red so, daß man dich versteht. Wir wissen alle, was du ihm zu sagen hast.»
«Ich sage ihm noch mehr», verteidigte sich die Luci.
Es war die Weihnachtsnacht, und in der Weihnachtsnacht sind solche und andere Fügungen möglich.
Mit andern Worten: Das Märchen ist zu Ende.
Und wenn sie nicht gestorben sind, leben sie noch heute ...

Bitte beachten Sie
die folgenden Seiten:

Giovanni
Guareschi

ein Ullstein Buch

Enthüllungen eines Familienvaters
Ullstein Buch 42

Genosse Don Camillo
Ullstein Buch 2612

Don Camillo und die Rothaarige
Ullstein Buch 2890

... und da sagte Don Camillo ...
Ullstein Buch 20482

... aber Don Camillo gibt nicht auf ...
Ullstein Buch 20555

... und Don Camillo mittendrin ...
Ullstein Buch 20736

Das Schicksal heißt Clothilde
Ullstein Buch 20757

Horst Biernath

Liebe auf
südlichen Straßen
Ullstein Buch 3254

Achtung, Kurven!
Ullstein Buch 3442

Grün wie ein
Augustapfel
Ullstein Buch 20342

Fröhliche Wiederkehr
Ullstein Buch 20359

Nelken fürs
Knopfloch
Ullstein Buch 20850

ein Ullstein Buch

Jo Hanns Rösler

ein Ullstein Buch

Meine Schwiegersöhne und ich

Ullstein Buch 20671

Meine Frau und ich

Ullstein Buch 20739

Mein Haus und ich

Ullstein Buch 20661

Hans
Nicklisch

Opas Zeiten
Ullstein Buch 20319

Duett zu dritt
Ullstein Buch 20373

Einesteils der Liebe wegen
Ullstein Buch 20391

Meine Frau ist ein Engel
Ullstein Buch 20419

Ein Haus in Italien müßte man haben
Ullstein Buch 20433

Familienalbum
Ullstein Buch 20488

Zur Liebe ist es nie zu spät
Ullstein Buch 20548

Zärtlich ist der Marabu
Ullstein Buch 20802

Wenn Liebe aus dem Rahmen fällt
Ullstein Buch 20861

ein Ullstein Buch